独立
The Road
To The Independence

在
野 Wildling

在 野， 见 万 物

在野 Wildling
01

山里来信

舒行 著

生活·讀書·新知 三联书店　生活書店出版有限公司

Copyright © 2018 by Life Bookstore Publishing Co., Ltd.
All Rights Reserved.

本作品版权由生活书店出版有限公司所有。
未经许可，不得翻印。

图书在版编目（CIP）数据

山里来信 / 舒行著 . — 北京 : 生活书店出版有限公司，2017.6
ISBN 978-7-80768-240-0

Ⅰ.①山… Ⅱ.①舒… Ⅲ.①散文集 – 中国 – 当代
Ⅳ.① I267

中国版本图书馆 CIP 数据核字 (2018) 第 062663 号

策 划 人	邝 芮　沈书枝
责任编辑	邝 芮
助理编辑	郭阳光
封面设计	罗 洪
责任印制	常宁强

出版发行	**生活书店**出版有限公司
	（北京市东城区美术馆东街22号）
邮　　编	100010
经　　销	新华书店
印　　刷	北京顶佳世纪印刷有限公司
版　　次	2018年6月北京第1版
	2018年6月北京第1次印刷
开　　本	880毫米×1230毫米 1/32 印张10.25
字　　数	150千字 图110幅
印　　数	0,001—8,000册
定　　价	58.00元

（印装查询：010-64059389；邮购查询：010-84010542）

目 录

春天与故乡

早春四日 / 3

深山看梅花 / 20

山里来信 / 24

春　声 / 49

山上的春天 / 53

紫云英 / 64

永嘉清明 / 68

雁荡山记 / 91

杭州琐记 / 97

端　午 / 102

乡下见闻 / 112

山中孟夏 / 118

白水漈 / 124

行禅山中 / 129

岩　头 / 138

木芙蓉与芙蓉村 / 146

林坑的山气 / 151

寂静啊，龙湾潭 / 162

野荞麦与素面、粉干 / 170

瓯　柑 / 176

枇　杷 / 180

北京四季

散步草木记（一）／187

散步草木记（二）／195

山　桃／203

楸树、槐花与布谷鸟／208

芍药、谷雨牡丹／212

蜀　葵／218

有关豆腐／222

北京的雨／226

鸡冠花／231

解　夏／236

牵牛花／241

桂花日记／249

桂花补记／254

北京的桂花／259

到北海去／265

碧云寺／270

山茶、蜡梅、水仙／275

电影植物笔记

山田洋次的柿子树与映山红 / 285

电影里的春天 / 293

雨天与百合花 / 300

何处是故乡 / 306

植物的情义 / 311

梅树的意味 / 315

春天与故乡

早春四日

一、茶园

二月十日。

立春前后,楠溪江下游的物候已进入早春时节,天气晴好的日子,最高气温可达二十度上下。河沿的柳树初舒新芽,梅花也开了,一些草地从冬季的枯黄中复苏转成嫩绿色,草地上、石墙间、墙脚边、菜园里布满星星点点阿拉伯婆婆纳的蓝色小花;茶园里,茶树上已绽出很多米粒大的嫩芽,散着清香。

这是我回老家村子短居的第二个春天。村子名"木桥",但村里并没有木造的桥。村子周围到处都是茶园,茶花大多已枯败,干黄的残花仍附在枝叶之上。在茶树丛中找到三枝还开着的茶花,小小的白茶花,洁净芬芳,花朵未完全打开时看上去像新鲜荔枝肉,让人忍不住摘下一朵来吸它的黄花蕊,有淡淡甜味,这是童年时经常做的事。

常去的茶园地处村中最高老宅——高墙屋右侧的山坡上。茶园是山坡高处的一块平地,这平地原是一片草地,绿草如茵。夏夜里,天空有繁星闪烁，一群大小孩子或躺或坐在草毯上纳凉，讲遥远的故事。后来每次回乡，都特别喜欢站在此处俯察村庄。春天时立在此处，村中开着的哪一处梨花与哪一处桃花，都看得明明白白，人们在村中央那条桥上的活动也看得真切，这种时候会让人觉得特别平静与充实。这种平静与充实也渐渐构成了自我的某一部分，像加里·斯奈德说的："我们的地方早已融入我们的生活之中，成了不可或缺的一部分。"这个地方，在我，就是这些山、村子、高处的草地，是一切童年时踏过的地方。我的语言和举手投足，都有这个地方的痕迹。即便我身处遥远的北方，当有关这个地方的一棵苦楝树或某一座寺院，在我日常生活中的某个瞬间闪现时，这树与寺院便是我生活中不可缺少的一部分了；在北京家中做家务时的孤独与充实，与小时在田里插秧割稻时的孤独与充实是相辉映的；那些关于岩石和山洞的传说，总是很容易被忆起；某座屋子某条路拐角的鬼故事，也了然于心。

高墙屋是村中最大的屋子，典型楠溪江古建筑，木石结构，宽廊圆柱雕梁飞檐，中间主屋有五大间，东西两侧厢房各三间。主屋中间是黑魆魆的大堂屋，总是阴气沉沉的，院中人家有白事就在此设置灵堂。穿过大堂屋，拐出后堂，是屋后长满青苔的水渠，渠边有浅井，水声泠泠。抬头便是后山了，高处岩石边的月季开着浅红色小花，这丛月季因为位置太高，永远也采不到。印象中它总是开着花，春天来看它，它开着花，待到冬天来看，仍旧开着。

高墙屋外石板路外侧有条长长的石墙作护栏，使大屋像一个寨子。从高墙屋下来可以绕到我家老屋后山，屋后平地上的柳杉已砍尽，只剩一棵棕榈树。棕榈树是我小时很喜欢的，浓绿的大叶子可以当雨伞玩，春天时常会掰下棕榈花的黄苞来玩，打开黄苞，里面是一条条花穗，由密集的细籽组成，把这些鱼子似的细籽一粒粒抠下来，过家家时可以当作稻米来煮饭，煮饭的锅碗瓢盆则是石头或瓦片，山中一石一木都是乡下孩子的玩具。棕榈树和端午节也有关联，包粽子时，山民便砍下棕榈硕大的叶子，把叶子撕成一条条当包粽子的绳子。此外，棕毛在农事中用途不少，是制蓑衣的材料，还可以搓棕毛绳。棕榈树上方的园子有棵樟树，已长成参天大树，夜晚风声轰然。樟树边是小片竹林，林下荒芜，爬着寒莓和小叶薜荔，还有胡颓子。寒莓和薜荔的叶子经冬后被冻成红色。

邻居老奶奶送来她自己晒的红薯干，此地叫番薯枣儿的，是冬天里的美味闲食。以前家里冬天年年晒。把新挖的红薯洗净，整个连皮扔进大锅里煮，一锅大概能煮十几斤，红薯煮熟后捞出来沥干，将它们片成一小片一小片放在长方形的竹匾上晒干。乡村十一二月的风景里，常见阳光下一排一排晾着红薯干的竹匾，冬日空气凛冽

阿拉伯婆婆纳

的黄昏，人们哆哆嗦嗦地收着红薯干。冷天里红薯干自然上霜，十分甘甜。在森淳一导演的《小森林》夏秋篇中看到桥本爱晒红薯片的情形，方法相似，这种质朴的情景是很令人怀念的。

二、山庙祭神

二月十一日。

风清日和，站在院子里听到山林间布谷鸟的鸣叫。很喜欢布谷鸟叫声，每次听到这叫声在山中回响时，总是驻足细听。我为什么常常要回到故乡山里住一段时间？就像电影《家路》中说的那样，山、水田、树林，都似乎在对我说，快回来吧。布谷鸟的叫声也是一种召唤。

今天是家里去村西口山庙"还冬"的日子。"还冬"是山民在每年岁末敬神拜佛的活动之一。做"还冬"，需要二牲——熟猪肉一刀，熟鸡一只，另有豆芽、豆腐干、年糕、水果等供品，备酒设盏。"还冬"只为祭神，是山民向一年忙到头的神佛表达敬意，请神佛吃饭喝酒，但此时山民对神和佛是无所请求的。《永嘉风俗竹枝词》中也写到岁时人们到各庙"还冬还愿般般要"。"还愿"是祈愿活动，供品要在二牲的基础上加一种熏鹅，用三牲敬神拜佛，祈求神佛保佑其安康喜乐，与"还冬"不同，这是有所求的活动。这些信仰使山民对新年充满希望，令他们安心。周作人在《鲁迅的故家》中提到其乡上坟用的三牲之一亦为熏鹅，说："这里值得注意的是有鹅而不是鸡。"我们这里除"还愿"外，上坟也用熏鹅。

　　山庙西边的大樟树遮天蔽日，飒飒有声。庙西有山岭，为永乐古道一段。山岭向西的岔路通向下面的竹林和山谷中的水田。竹林寂静，四下无人，细风吹过，拂拂作声，竹林上方有片坟场，不敢再走近。猛然，眼睛的余光扫到竹林中的一抹黑影，即刻汗毛竖立，勇敢地定睛一望，竟是一棵一人多高的小棕榈树，干枯的大叶向下披散着，褐色的棕毛包在树干上，远望像个人影。水田里忽然响起一声蛙鸣，驱散了方才的恐惧，但听得不太真切——时节还是早春，这蛙鸣似乎早了。

　　从庙西的山岭向上走，是龙川村方向。山岭被新造的环山公路截断了。站在环山公路边西望，可见山外的平畴与村镇，缥缈如蜃楼。南北两边的龙川山和潘山构成一条溪谷，流经平原处的北岙村，入楠溪江。在北岙村念初中时，周末放学后和同学沿着溪谷回家，常会脱了鞋子蹚着溪水往上走。溪水清澈，两边草木茂盛，春有杜鹃，夏有山栀子、山莓等，秋有胡枝子，有地苙、野山楂等野果。这条溪谷没有深潭，可以一直在水里走，遇到溪上的大岩石就爬上去歇息。某天在水边见到一棵结了很多珠子的薏苡。平日里薏苡并不多见，只见过老人在寺庙念佛时手中那串佛珠，被磨成光滑的深褐色。我们的童年很少有首饰，见到珠子总是欢喜的，也很向往这样的佛珠，觉得薏苡很珍贵，各人都采了些。小时只知道这种植物当地的土名叫念佛珠珠，大概因其被广泛穿成佛珠而得名吧。

环山公路边泥地里开着很多洁白的荠菜花。芭蕉翁写荠菜花："寂寂墙根下，依稀生绿苔。注目细察看，却有荠花开。"小林一茶则写得幽默："不干净的指甲，在荠菜花前，也感到羞惭啊。"公路边山坡上有几棵山鸡椒，开着热闹的黄花，远观像蜡梅，冬日城市里盛开的蜡梅，反而让我想起冬月开放在故乡山野的山鸡椒。山鸡椒花闻着有辛辣味，淡绿色的枝干上，分布着由五朵小花组成的一簇簇花。因开得这样纷繁，忍不住折了一枝回来，觉得家中应该能找出与其相配的花器。后在旧碗柜里找到一只陈旧的锡酒壶，大概是我妈的嫁妆。过去此地女子出嫁会办一套锡打的用具，有锡酒壶、锡影台（烛台）、锡茶壶、锡茶叶瓶、锡托盘等，锡匠也是当时盛极一时的行当。可惜这些行当差不多都失传了。将山鸡椒花插在锡酒壶中，很相宜，可以欣赏很多天。

插在锡酒壶中的山鸡椒

三、廿四夜

二月十二日。

天气又是晴暖得可爱。清晨惊喜地发现院子墙角一棵小桃树已出了两个花蕾，将开未开的样子。对比了一下别几家的桃树，没见到这么大的花蕾。

散步去村庄几里外的大济寺。寺院位于村子对面十八坞山后面。环山公路绕着山腰盘旋到山后，这条路让人想到吴念真《多桑》中的山道，蜿蜒在一片悠悠绿色中。路旁长着荠菜花和宝盖草，宝盖草正开着桃红色花朵，花的姿态像一只鹤的头部。山边有一棵小灌木，开着迷人的紫色花，从断壁垂下来，因为太高，无法辨认是什么花，只能看出叶子有些像杜鹃科的，大概是马银花。在早春时节见到色调如此优美浓郁的一簇花，是很令人愉快的。早开堇菜与紫花地丁也有不少，见到的大多是后一种的色彩偏浓一些，早春的紫花总是显得特别可爱与珍贵，所以芭蕉翁俳句"信步过山道，紫花地丁花正俏，幽香醉人倒"的意境，倒也能领略几分。仔细闻过紫花地丁，并没有幽香；也许醉人倒的并非是香气，而是这种早春的意境与欢喜的心情吧。

大济寺前山道边有几棵高大的油桐树，春时，花开得缤纷盛大，山道上缀满花朵。边上有两棵枫香，枝丫上挂着干枯的小球果。道边的菜园里，有僧人在浇菜。不知道这僧人是何时住进大济寺的，大概是在寺院新修扩建后吧。寺院前身为"上庵"，新修后改为大济寺。上庵原是非常朴素的庙宇，现在修得雄伟富丽，就像村中许多农舍一样，都被推倒而盖成各种奇形怪状的所谓别墅。老舍说得对，凡是自然的恩赐交到中国人手里就会被弄得丑陋不堪。寺院中阒无人影，院子里的盆栽有蜡梅与茶梅，太阳静静地照在寺院黄色的老墙上。寺院虽不精美，但总还是远离尘嚣的，尤其是在这样日静人闲的片刻。想起井上靖书中引用过一首三好达治有关冬天的诗：

啊，智慧就是在如此静谧的冬日

出其不意地闪现

在阒无人迹的境地

在山林

在例如这样的精舍庭院

突然降临你的面前

这时，你要相信那虔诚低声的语言：

这世上，最珍贵的莫过于宁静的眼睛、和平的心灵。

回到家中发现屋廊下放着几只妈妈刚挖来的冬笋,有一只特别肥。中饭做了一道鲍鱼烧冬笋,笋令鱼块更鲜美可口,而笋片又吸取了鱼之味,令这道菜极下饭。冬笋不会长成竹子,冬后就烂掉,所以不挖来吃是很可惜的。而春笋,当地有这样的话:"清明赌抽,谷雨赌长。"总而言之,笋真是南方珍品呀,很少有江南人士不懂得笋的好处。周作人说爱竹似乎是很"雅",归根结底是很俗的——为的是爱吃笋。然而我爱笋的同时,对竹子也是真正喜爱的。竹子本身就很美,竹器又是最具自然美的生活用具:从竹床到竹篾所编的各类晾晒用具,再到花器,无不令人喜欢。可惜如今稍有质朴之感的美物都很昂贵,一只竹篾花器要卖到五六百元,一件麻料裙子要上千元,这与朴素的本意背道而驰,中产阶级人士为"朴素"的布衣蔬食生活花大价钱,可谓是一种颇有姿态的"朴素"。

今天也是南方的小年夜——廿四夜,本地岁时风俗之一是在廿四夜拜灶神。我们的柴灶叫作"镬灶",有两个灶洞,架两只铁镬,横烟囱呈台阶状,两级三级不等。我们把荸荠、甘蔗、糖果等摆在横烟囱上,还摆了几盘"麦麦"——此地称炒豆子类零食一律为"麦麦",比如油炒黄豆、炒蚕豆等。这些都是儿时在廿四夜拜完灶佛后期待的闲食。此外还要泡几杯佛茶供上,点几支清香,烧一对

挖来的冬笋

谷雨后竹笋很高了

柴灶

红烛,妈妈对着烟囱一拜,说道:"灶爷灶爷,落地帮我保平安,上天帮我讲好话!"屋子因为太久没人住,竖烟囱上也就没有贴灶神画像。原本岁末家家户户要作大扫除,称为"掸新",屋子掸新后,我们才将新买的灶神画像、对联等贴上。所以灶神画像年年都是要新的。拜完灶神后,放几声爆竹,孩子们争抢着吃供品,过年气氛也便浓了。

拜完灶神,在院子里望了望夜空,有很多星星。

四、桃花、水田、薜荔

二月十四日。

凌晨下过细雨,早晨村庄中有很薄的雾气,隔了一天再去看前日的那两朵桃蕾,两朵都开了,桃花花瓣沾着雨露。桃花是清艳的粉色,原本看上去就很有水汽,春雨濡花就更美了。放翁说好花如故人,我觉得桃花最是。见到这故人,好像这个春天因此便值得了。此地通信信号不好,更是远离网络,天地清旷。在这里的生活也正响应了巴尔蒙特的诗句:"我来到这个世界为的是看太阳,和蔚蓝色的原野。我来到这个世界为的是看太阳,和连绵的群山……"

去一个山谷看自家的水田。从前山道边的小松已长成大树。水田大部分改成了茶园，只有两片还保留着原貌。田里放干了水，收割后的稻茬还整齐地留在田里，其间布满各种翠绿的野草，有繁缕开着洁白的小花，让人想到花戒指。

忆起从前插秧割稻的情形。有一年父亲外出工作，家里一亩多水田的秧都是我和妈妈插的。我一个人负责"打格子"，把秧绳一端在田埂边插好，再走到另一端，插好秧绳，然后沿着秧绳插秧，一路插到田埂边。如此循环往复下去。这是机械又辛苦孤独的工作，一天下来腰酸背痛，然而第二天并不能休息，下雨天也不能停，因为必须要在一定期限内完成插秧。我们种的是一年两次的双季稻，晚稻秧必须要在立秋前插完。这之前的早季稻收割正值盛夏，我常常帮家里割稻子，近中午时父母就打发我回家先做午饭。烧完午饭还得做猪食，很费时间，大热天烧柴灶热得大汗淋漓。之后还得用谷耙子翻一翻晒在院子里的谷子，所有事情完成才吃饭，吃完后盛好饭送到田边给家人吃，接着继续割稻。晚季稻收割正值金秋，我们要轻松很多，打稻机声此起彼伏地在山谷中回响。也有人家还在用稻桶打稻子的，一记一记甩得十分辛苦。

"踏着故乡的泥土，我的脚不知怎的轻了……"想着石川啄木的诗，脚踩在柔软的田泥里，非常舒适。沿着山坡的土路往上走，道边水涧旁长着很多田野水苏，还有开着淡蓝小花的柔弱斑种草和可爱的球序卷耳。鼠麴草到处开着去年的黄花，也有不少新长出来的，使人忍不住想采它来做饼吃。

回家时经村中古宅朝西屋。村里的人家也不比从前爱种植物了，喜欢把院子推平浇上水泥，只有朝西屋外一户人家院角种了山茶与南天竹。有棵山茶开了很多花，有的花在树上就整朵地烂掉了，树下山茶花掉了一地。夏目漱石有俳句："山茶似碗形，徒然落地罩住虻，花中叫嗡嗡。"写出了山茶花掉落时的可爱形态。山茶插瓷瓶里也很好看，有南方生活的滋润细巧。鲁迅小说里写久住北方的人回南方忽地看到雪中山茶，觉得那正是我的心情："倒塌的亭子边还有一株山茶树，从晴绿的密叶里显出十几朵红花来，赫赫的在雪中明得如火，愤怒而且傲慢，如蔑视游人的甘心于远行。"

南天竹在此地叫仙竹，婴儿周岁用白年糕做的仙桃饼要采它的叶子嵌在饼上做装饰：白色的桃形年糕上，尖处点了红色，凹处插着南天竹枝叶。祭祀上用年糕做的大仙桃也要采南天竹的小枝叶来插。因此我每次看到南天竹，总觉得叶子上有年糕香。山中生活与习俗总是与植物密切相关的。

朝西屋后有大叶薜荔攀缘在一棵树上，挂了许多秋天剩下来的果子，形状有点像无花果。此地称小叶薜荔为墙薜荔，因为墙上、树脚到处密密麻麻地爬着小叶薜荔。小叶薜荔不结果，只有大叶薜

繁缕

薜荔果子

人家院中的山茶

荔才结果，果实可做成透明的果冻状凉粉，撒上薄荷，风味绝佳，是夏日里一味清凉解暑的冷饮。夏天在楠溪江岩头丽水街、永嘉书院等地，都有摊贩售卖此物。这种冷饮之味大概正可以用现下流行的"古早味"来形容。朱天文在《竹崎一日》写过一种叫阿萝娜的果实，令人想到薜荔做的凉粉："炎日午睡后外公从冰箱捧出一钵果液，盛在半透明仿水晶钵里，再取冰块琳琳琅琅丢入钵中，大家都不舍得吃，一人分到一小碗，惆怅地一匙匙吃下，静默的饭厅只听见匙碗和冰块脆脆的碰击声……"这段有《冬冬的假期》的影子，使人回味童年的夏天。

我家院墙下也爬了很多小叶薜荔，此外还有火炭母，藤蔓缠绕很是壮观，土名叫洋山水，开白花，一簇白花中会长出一粒黑心略带透明白衣的果实，我们就摘这小果实来嚼它的水分，像吃石榴似的，淡中带酸，没什么吃头。但我们实在馋，什么都要吃。这墙是小型花园，这时节，长着青苔的石上开着阿拉伯婆婆纳，因为在阴处，花的颜色更加蓝了，很美。儒勒·米什莱说："婆婆纳开的花，好似蓝色的眼睛，十分迷人，虽然一派天真，但是那么清澈，那么锐利，不失为一颗灵魂，在同灵魂对话。"

二〇一五年早春

深山看梅花

天气晴暖，春风和软，听说陡门乡梅岙的梅花开了。陡门地处楠溪江下游东南一角，十分偏僻，交通也不便利，没有公车直达。花了一百六十元包了一辆出租车去赏梅花，恰似《万叶集》中的一首梅花歌："春日乡里的梅花，我诚心诚意来访，不想走马观花。"关于梅花的意象，印象中最美的大约是樋口一叶小说《青梅竹马》中写的："这两家之间，只隔着竹篱笆。共用的井水，既深且清。开在屋檐下的梅花，一树两家春，连香气都分享着。"

陡门乡藏在山中。山很深，山貌原始，山峦绵亘，重岩叠嶂。地僻春静，只有阳光静静照着山谷，半明半暗，常是转个弯便见山溪碧潭或奇石幽树，深秀有幽意，令人心情豁然开朗。梅岙村在一个山坳中，诸山拱抱，梅山位于此村后山，梅园入口处摆着村民卖山货的摊子，卖着楠溪麦饼、番薯枣儿、草药、刀豆干等特产。入口边上模仿公园做派放置刻了字的丑陋巨石，山径铺了水泥台阶，都是对天然的损害。

沿南坡上山，两旁的梯状菜园改做梅园，每片菜园植两三棵不大的梅花，高高低低地开着疏朗的花。走上低平的半山脊，见半山脊一带的梅花植得繁密,几百株的样子,多是小本粉梅,着花的花树虽只有三分之一的样子,却也足观了。这一带的梅花到盛花期应该会有小香雪海的盛况吧,这恐怕要等到正月中旬了。此时的山野已是一派春日气息,靠近梅花枝,幽深清寒的馨香沁人心脾。白梅不太多,开花的亦少,大多白梅树枝上还只是淡绿的小蓓蕾。看花人很多,梅树下有个学步的小宝宝摇摆走动。摇摆走动的,还有脚蹬细高跟鞋来爬山的女士。

从半山脊沿一条山岭走下北边的山坡。山岭右边有一丛竹林,林下方不远处有几座坟。山岭左手山坡至山谷里,植了一些大本老梅,大多是奄奄一息无人探访的老病梅,梅树下端粗干虬枝,上端枝条稀疏,开着零星的梅花,楚楚可怜。有几棵嫁接的红白两色梅树,十分怪异,想来很难存活。山谷中倒开了一树单瓣的白梅,十分动人。山岭边偶见山栀子和金樱子干枯的果子。这两种果实都很熟识,山栀子的果子我们叫它黄栀,小时候常剥开它的外壳,将橙黄色的果子汁液涂在课本配图上,在不知蜡笔为何物的年代,这也是好玩的游戏。金樱子的果子在本地叫狗栗,有人拿来吃,我倒没有吃过。比起这两种果子,我更喜欢它们的花——山栀子开单瓣白花,香气馥郁;金樱子的花洁白而有野气,春时繁密地爬在山坡或岩石边,枝繁且有刺,难以采摘,即便采下,花瓣也易破散。有的花只适合留在枝头看。

从另一条山岭上北边的山。上得半山向南望去,远山如黛,方才半山脊的一片梅林是一带烟霞似的粉红色,配着西边的小竹林与亭子,及下方的一条山岭,远相映带,如在画中。竹林与梅花很相宜,有几分丰子恺画中远村烟树的情境。抬头可望此山最高处的山崖,崖如屏障,很是巉峻,问村人这崖石山之名,答曰李儿山。崖下有间大庙,村人说是花粉娘娘庙。温州供花粉娘娘的似乎不少。据说从前在温州街边大树下多有一个神龛,用来祀花粉娘娘,"三尺高的坐像,花冠垂旒,深粉红锦袍,腰围玉带,璎珞霞帔。"我没有进去朝拜。此地传说花粉娘娘喜欢年轻男子,被看中的男子就会丢性命。所以这梅岙村的梅花,男子简直是冒着性命危险前来观赏的。

庙东山坡也是一片小本梅林。坡下有野路,是条黄泥土路,路外一列梅花开得极盛,沿着土路一直开到满是狼萁的野山上去。山野上的松树森秀蓊郁,与土路边几棵梅花相错,为这几棵梅花添了山野气息,令人十分喜欢。深山中的梅花应该就要这样子吧——多些野趣,少一些刻意布置的园林气。

二〇一五年二月

清晨的山

山矾与桃花、茶树枝的插花

山里来信

春,曙为最

　　山中春日的黎明是令人向往的,清少纳言有名句:"春,曙为最。逐渐转白的山顶,开始稍露光明,泛紫的细云轻飘其上。"

　　凌晨五时多起身,打开未经油漆的旧木门,走到院子里看曙色。是个晴天,天空还是幽蓝的,一轮春月挂在黑魆魆的柳杉树梢上方,鸟鸣已经起了,一些房屋瓦上的炊烟也已经袅袅升起。显然,此时已过了侯麦在电影《双姝奇缘》中描述的"蓝色时光"。电影中所说的"蓝色时光",是指黎明来临之前的一段很短的宁静——白天活动的鸟还没起来,夜晚活动的鸟已经睡了——这是真正的宁静时刻。电影里说,这也是认清人性最好的一刻。

　　往东边更深的山里去,站在山中高处岩石上,可以遥望到山外的平畴市镇。市镇笼罩在早晨的淡雾中,后方是高大逶迤的群山,层叠的青色山峦之间浮着一层层乳白色薄雾,无限悠邈。这时,对面山间传来一阵笑语,是赶早出发去茶园的采茶女们。

　　东山最深处的山谷叫"银茶坑"。走在曲折的山路上,周遭的青色山峦渐渐转亮了。转过一个弯，远远瞧见东方黛色山顶上，朝阳缓缓升上来，照亮了周边的云层，使云层成了橙红色。朝阳又被这些橙红色层云遮住一些，于是被分割成了几个橙红色区域，在云层的掩映下，远远望去，这朝阳竟恍如一尊古佛，闪闪发光地坐在天空中！这尊佛极为耀眼、庄严，给人神奇圣洁之感。此地土话称太阳为"太阳佛"，充满智慧的山民们向来把太阳当作佛来看待，"太阳是佛"这个道理，他们早就知道了，愚钝之人此刻才明白。以前我把马桶放在院子里晾晒，外婆见了都要骂我："马桶不能放在太阳佛底下的。"这是山民对太阳的虔诚，于日常之中见敬畏之心。觉得日出一刹那，很像佛的来临，像神话电影里那样，神或佛来临之前，天空会有刹那的变幻，日出就很像那种时刻。

在银茶坑山路边，身边经过几位采茶女，隐约有一阵香气袭来，很好闻的气味，大概是她们身上散发的某种润肤霜气味吧。待她们过去后，香味仍在，我四处寻看，却找不出香源。当我前行了二百米许，这香味又袭来，原来香源是山边的山矾树，正开着白色繁花。往前一带山林，几乎遍野都是山矾，绿色的春山之中点缀着一球一球的白色花树，散发出袭人的馨香。山矾的气味清幽恬静，让人感觉有点熟悉，想了许久，才意识到有一点像桂花香。后听朋友书枝说，她家乡南陵称山矾为野桂花。在《中国高等植物图鉴》里，山矾的别名是山桂花,《山谷内集》中则别称春桂。宋词中有"山矾风味木樨魂"之句,可见其气味似桂花。因为很喜欢山矾的香气,我下山时掐了一枝带回来,将它分成三小枝,与在庭院中折来一枝桃花,及一枝带着新芽的茶树枝,一并插在黑色瓦罐里。这天正是惊蛰,这样的插花,和时令很是相宜。

清晨独行山中,大概也是认清和回到自我的最好时刻。朝阳、朝云、春山、山矾的气味,都令人心为之开阔,生命回到了简单纯粹的境地。正如蒲宁所说:"活在世上是多么愉快呀!哪怕只能看到这烟和光也心满意足了。我即使缺胳膊断腿,只要能坐在长凳上望太阳落山,我也会因而感到幸福的。我所需要的只是看和呼吸,仅此而已。"

二〇一六年三月五日

映山红

夜里下过一阵温柔的春雨。早晨,山间有淡淡的雾,地面濡湿,近午雾散,天很快放晴,春风骀荡,天气柔和明媚,最高气温达二十四度。山里的雨后,似乎很容易放晴。

爬北边的"上木桥"山。上山的山岭边、沟渠里，尽是繁缕、阿拉伯婆婆纳、通泉草、碎米荠、堇菜、球序卷耳等野花，以及一些零散的紫云英。近几年种水稻的人家少了，水田几乎都开发成了茶园，所以也难见成片的紫云英。水田少了，自然蛙鸣也很难听到。山居数日，我还没听到蛙鸣声。路两旁高高低低的茶园里，有三三两两的乡民在很仔细地采茶。

阳光强烈，新茶芽清馨沁鼻。路过自己家的一片土地，过去这片地种过番薯（此地红薯和白薯统称为番薯）、土豆、姜、白萝卜等，现在皆种茶。种番薯是为了晒番薯枣儿，或晒白薯干。白薯干主要做猪饲料。种番薯是很辛苦的，不但要翻土、除草，还要翻藤，并摘掉过长的藤蔓。做这些时正当酷暑，小学的暑假，我就经常干这样的苦差。种土豆、姜、白萝卜则是为换钱。小学时我常帮爸爸挖土豆、白萝卜等，洗干净后装在两只蛇皮袋里，用竹扁担挑在肩上走几里山路，到山底下卖给收购的人。我挑三十斤左右，爸爸挑近百斤，雨天下山的石级极滑，我们只能小心翼翼地一步一步探下去。

"上木桥"的山巅，有一段幽深的山路，像弄堂一样，两边为高墙般的石壁，石壁上方是一层层茶园。这段路叫作"田弄"。过了"田弄"，就是广阔的山野了。银茶坑为此山之南，上木桥正是山之北。我想，往山的东南方向走，也许能绕到银茶坑呢。东南方向的这条野径极为偏僻，即使是漫山遍野跑的童年时代，我也很少来这里。然而今天似有什么东西在牵引着我，极想试着走一走这条野路，看看能否绕到山之南。

我快步地往前走。快接近山之南时，远远地，一座小山挡了去路。遥望见半灰半绿的野林荆棘丛中有一抹红色，初以为是人们送葬时扔掉的红棉线，思及此地人迹罕至，猜想可能是杜鹃科的映山红。走近一看，极为意外和喜悦，竟能看到这么早的映山红。这丛花枝正半吐红色，但无论是花朵还是花蕾，在阳光下，都很光彩夺目。有一丛已经开着绯红的繁花，那花枝在风中摇曳的样子，很是耀目。它开在这样寂寞的山野，使这半灰色的春野增了生机，添了春意。在山里，只要敢于往前探索，总有美的、令人喜悦的发现。这次奇遇，正应了与谢芜村的俳句："抄近路抵旷野中，喜逢杜鹃花正红。"

我折了一小枝映山红，高擎着下山，路上遇见采茶的村里人，他说："山朵花采得啦！"方言里称映山红为"山朵花"，小时常食山朵花，大人告诫我："花心不能吃，吃了会变哑巴。"因此幼小的我一直都不敢吃花心，只吃略带酸味的花瓣。后来才晓得，那是因为杜鹃花的花粉是有毒的。我下山时还在路边采了一株碎米荠，回到家，把它们一起插在玻璃瓶中，别有一番动人姿态。杜鹃花是初放，碎米荠亦是初春鲜翠的材料，都是山野里朴素的山头物，就地取材的简洁插花显得特别动人。我把这瓶花摆在房间的书桌上，看书时抬头望它，夜晚睡觉醒来也望一眼，觉得这映山红，和杜鹃鸟的声音一样令人平静和眷恋，是故乡的一种象征。我每看到别人拍的映山红照片，或是听到布谷鸟鸣叫，也总会想起故乡的山。

二〇一六年三月六日

鸟鸣与马银花

阳光明丽，是真正的春天了。和孩子一起坐在庭院里晒太阳。我看书，孩子画画，她画了一些斜线，说是风的形状。庭院一角的桃树绿荫新成，点缀着将落尽的稀疏的花朵。今年的物候比往年略早，清明未至，村里人家的桃花就快落尽了。前些年，桃花梨花映山红，都是清明前后才开放的。

桃枝上偶尔飞来几只树麻雀，啁啁啾啾地叫着，一会儿又灵动地飞到屋檐上去了，起飞时扑翅的扑棱棱声，叫人喜欢。此地有不少树麻雀，因其脸部有黑斑，比较好认。前山后山的布谷鸟几乎终日啼鸣。有时候远处又传来一种鸣声特别婉转的鸟，大概是莺类的

茶园里的碎米荠

碎米荠与映山红插花

树麻雀

歌声,轻倩动听。鸟鸣的音乐确实给人宁静、甜蜜的感觉,诗人沃伦有描写鸟鸣的诗句:

> 多少年过去,多少地方多少脸都淡漠了。有的人已经谢世。
> 而我站在远方,夜那么静,我终于肯定
> 我最怀念的,不是那些终将消逝的东西,而是
> 鸟鸣时的那种宁静。

这庭院一隅只是方寸之地,却如此活跃而丰富——慷慨的阳光广袤无边,山里的春天静且近。说近,是因为人和阳光、春风的距离缩短了。山居的日子真是每时每刻都让人觉得饱满又充满活力。有时稍作休息,站在低矮的院墙边,能看到村路上的行人。路上一户人家一行十数人,挑着礼盒去扫墓。这种礼盒特别古朴,有八个角,以便放八个角的松糕。朱红色的油漆,并绘有花鸟,大概制作于五六十年代。此时离清明还有一个月。

下午,我往村南的山里去,探望一丛杜鹃科的马银花。这丛马银花长在高高的断崖上,是去年春天散步时偶然发现的,那时它正开着淡紫色的花,极为悦目,无奈断崖太高,无法仔细欣赏。今岁再次去探望,希望那丛马银花还在,但愿它还能开出淡雅的花来。到得那断崖

下，见那马银花依然静静地在那里，心里十分高兴。着花虽不多，却在新岁如约开放。花儿如约开放这样的事，有时候会让人恍惚起来，觉得植物真是有灵性的。为了离它近一点，我爬上了很难攀登的断崖下方的岩石，然而山崖实在太高，还是无法仔细欣赏到花朵细节。如果我明年还来这山里，一定还会来看它的，这算是一个小小的约定吧。世事无常，不知道这丛马银花明年还会开放吗？又会活到何时？

二〇一六年三月七日

桃　花

三月八日，农历正月尽。春雨迷蒙，山中大雾弥漫。雨中布谷鸟依然啼鸣，像是与雄鸡唱和。每回过溪旁时，都要站在桥上听一听春日温柔的流水声，雨天，溪流声响变得更大。

我白日在村中一路行来，四下无人，非常静，村里人都采茶去了。春雨中，只听得雨打在人家屋瓦上的声音，还有厂棚里母鸡的咯咯声，听得不太真切时，鸡声如人语，像两个人在有一搭没一搭地谈天。院墙边金银花的叶子绿油油的，滴着水。春雨滋润着一切。人家院前的桃花已经谢尽，一树青翠，十分好看；但山野的桃花却迟一些，正是千朵万朵地堆在枝梢的时候。行山时，常常走着走着，忽然一抬头，就看到绿野里一树粉色轻云，令人惊艳而愉悦。

我数过村子周围的山野上，共有七八处野桃花，还有一树桃花长在几座坟墓中间，非常荒静，简直非世上的花，美极了。桃花我永远看不厌，"一件美的事物是永恒的快乐"。喜欢桃树柔柔伸展的花枝，清艳水嫩，像凝住春天的雨露。

桃花大约是多种在世上人家却无世态的花。桃花有安乐的气象，既适合平民人家，也适合世外，所以有"世外桃源"，还有周邦彦的"桃溪不作从容住"——这"桃溪"就是能遇仙姝的地方。桃花又最是世上的花，你看山乡人家，多种桃，他们说桃枝可以辟邪，法事里常折用。我在北京看到的桃花，有两种颜色，一种桃红色，一种轻粉色，我知不是山桃或碧桃，因为她比山桃、碧桃多了水汽，此时桃花于人世的作用，就是能让人想起故乡。岛崎藤村写桃花，我也深有共鸣："桃花的妙处在于：她不像樱花、牡丹那般使我们如醉如痴，她只是给予我们复苏的启迪。"他还写过桃叶能治好痱子。细想，比起樱花、牡丹，桃花更适合平民人家。像我们山里人家，别的花不多，桃花却是最多的。

墓旁的桃花好看，旧屋一隅的桃花也好看，有生与死、新生与颓败的对比，尤其破屋前的桃花，充满春日的和谐与活力。幼年时，

山野的桃花

我家老屋院墙上有两棵桃树,特别令人喜爱;春时赏花,夏时摘果。我们常常在夏日午后从树上摘一盆桃子,打了清凉的山泉水,把桃子放入冰镇一会,吃之前将桃子放在木门缝间"咔嚓"一声,被压裂的桃子露出红透的果肉,清甜极了。桃花是故人,桃子也是。

二〇一六年三月八日

芥菜、采茶

农历二月二日,倒春寒,气温骤降十几度,山里下起了春雪。茶园里的嫩绿茶芽被冻红了。

村里有人感叹:"前几天暖和,茶芽抽得快,来不及采。茶草(刚采摘未炒前的新茶叶)价格跌得快,现在茶叶又被冻坏了,今年的茶白种了。"另一位说:"老天不讲道理啊!去年秋天,天天下雨,收下来的谷子都晒不成。今年采茶又下雪。"

村里人们只得在家里休息。家家做芥菜饭吃。春日二月二,永嘉风俗要吃芥菜饭。《永嘉风俗竹枝词》记有此风俗:"芥者解也解非难,疥鲜不生音义翻。尾虾肉丁芥菜饭,大家密密劝加餐。"从中可知,吃芥菜饭是为避免日后生疥癣。芥菜是春天的时蔬,山家菜园多有种植，株大而腴美，颜色清润翠绿。每当我路过种满芥菜的菜园，那颜色怎么也看不够。胡兰成在《今生今世》里写芥菜说："温州话很难懂。吃食是海鲜多，餐餐有吹虾。芥菜极大极嫩，烧起来青翠碧绿，因地气暖，应时甚长。温州人烹调不讲究火候，小菜多是冷的，好像是供神的，中午冷饭冷小菜，惟有一大碗芥菜现烧热吃，所以特别动人。"此话不假，温州宴席上即是四个冷拼盘，正中隔一会才上一个热菜。而芥菜饭由芥菜、肉丁、香菇等和糯米饭一起炒成，味美而有菜香。

第二日，气温稍回转，山民们去茶园巡视，看自家茶叶冻坏了多少。位于低矮山谷里的茶园地气稍暖，那些农户家的茶叶基本没冻坏。于是采茶女们重新投入工作。在倒春寒的天气里采茶是很苦的，手冻麻了也不能休息——茶草一天一个价格，必须奋力抢摘。幸运的是，因为降温，一些茶叶被冻坏，总产量少了，价格反而涨了上去。

此地生产的是明前茶，即在清明前采第一轮早茶，价格很贵。现今村民卖这些早茶，都只是卖茶草，因为专门有茶叶公司收购茶草回去制作，所以村民就不用自己炒茶叶了。我中学时，乡民还是自己炒茶叶的，他们把白天采来的茶草堆在堂屋、院子的地上，或是晾在竹匾里。晚饭后，家里请的采茶女们都可以休息了，主人

芥菜

山中的明前茶嫩芽

家夫妇才开始炒茶，他们一人各一个茶镬，要炒到夜里十一点钟左右，炒完茶叶还得走夜路去把茶叶卖掉。有时候村里没人来收购，要去另外的村子卖，回得家来都已经凌晨了。这真是很损耗身体的工作。所以相对采茶女，其实主人家更辛苦，尤其是主人家的主妇，不仅要采茶，还要做饭挑到茶园给大家吃。采茶女只负责采茶，她们大多来自楠溪江上中游山里，或是仙居地区的妇女，在村里只停留半个月左右。采茶时节人们虽然辛苦，村里却有一种清平盛世的喧闹与快乐，寂静的村子也因为春天和采茶女的到来，恢复了活力。

二〇一六年三月十一日

春山与雾

气温回升至十八度。春雨绵绵，山中雨雾缭绕，空气湿润明净。这样的天气，我更想行山，看看春山与雾。

往东边山中走，山路变得非常泥泞，一路尽是啮人鞋底的黄泥。眼前的山峰、山脊和山谷都氤氲着白雾，没有被雾笼罩的部分山体露出茂密的树林，浓绿的树和萌出浅绿嫩叶的新树，令人眼目清明。

山里的雾很洁净,轻盈地浮动在一片静谧的绿色之上。

雨天的深山,成了雾的世界。山是雾的舞台——此时的雾,仿佛完全是活的,像流动的生命,在静静地表演。山谷深处的积雾慢慢地爬上来,弥漫了整个山峰;有时又停留在山脊下方的山坳里,令那片山坳充满仙气,很像一出舞台剧。雾是其中一个变幻不定的角色,令人迷恋又令人愉快。然而,我所迷恋的,大概是雾本身所具有的一种诗意:"正是这样的景色——这种既不能饱腹又不能补足月薪的景色,它使我心境快乐,没有劳苦,也没有忧虑。自然力的可贵正在于此。于顷刻间陶冶人的性情,使之醉意朦胧地进入清醇的诗境,这就是自然。"这是夏目漱石在《旅宿》中行山时的一段话,此时于我,这种自然力,就是雾。

雨稍停。对面的行禅山也被雾笼罩着,山间悬崖上的寺庙隐在雾中。隐约间听得对面山间雾中有锣鼓声奏起,似仙乐飘飘,一会,又有爆竹声轰鸣,这是对山寺庙里在做佛事(本地民俗中祭祀、祈愿等佛事盛行)。对山的声音静下去时,路旁山坡密林中树叶落下时发出窸窸窣窣声,像是有小动物在林间走动。然而现今这里并没有小动物,从前这里有雉鸡,现在也绝迹了。此外是鸟声、溪流声,还有采茶人在山谷里说话的声音,响在谷底。路旁有只灰头鸦在慢慢地散步啄食。岩缝中开着一株幽静的紫花堇菜,花叶上带着雨露。

霧中春山及采茶人

山野上偶尔有三五丛红杜鹃开放。山矾的白花依然一树一树地开着，有的已经开始谢了，香气在雨后变得有些淡。山边一块荒芜的水田里绿草萋萋，田头却有一丛灿然的红杜鹃。就这么只看眼前的这些事物，别的什么也不想，这一刻只和它们相处。这种时刻，甚至不需要交谈或艺术，所有的沮丧和失落，都会被大自然修补。也许，每个人都需要一片熟悉的树林、一座喜爱的山。

二〇一六年三月十六日

采鼠麹草

春分日，李花开了，一大早，山雀就在后山的李树上唧唧喳喳。梨花才打骨朵。邻居家旧屋一隅的油菜花也渐渐繁密起来，呈现鲜明的黄色。油菜花大概是深山中田地里最好看，青山中弥望一片黄菜花，春气萌动。旧屋边、庭院边的菜花也很好看，透着家常朴素的气息。山边平畴田畈间夹杂着桃花的一片油菜花也很好看，轻粉嫩黄，色彩明丽。辽阔平原上茫茫的菜花田，虽然不如前面所说几种地方的菜花好看，但毕竟有春天的气象。风景区俗气的景观菜花田则不值一提。

这时候，菜园里春天的豆畦也特别美丽，我去前山后山寻觅鼠麴草时，看到春天的豆畦很是鲜嫩生动。豌豆开着紫蝴蝶似的花；荷兰豆花是纯净的白色蝴蝶；蚕豆花紫中略带黑色，显得神秘。茶园里、田埂上，鼠麴草嫩叶带着雨露。去年冬天太冷，鼠麴草抽芽抽得晚，今春的鼠麴草都很嫩，很少有开出黄花的。

鼠麴草，一年生菊科植物，此地俗称清明菜、绵菜，是清明节做清明果的主要野菜之一。当地称清明果为"清明饼"或"绵菜扁儿"。清明前，乡民在准备扫墓活动时，要备一些上坟的酒馔，清明饼就是主要供品之一。于是清明前，山里就常见妇女或孩子携着竹篮，弯腰在田间地头寻觅鼠麴草。采鼠麴草，主要是掐顶部的嫩叶，采来后洗净捣烂，同糯米粉（也可以加大米粉）一起和好，炒成春笋、雪菜、肉丁、豆腐干等馅料，包好后上蒸笼蒸熟。蒸熟后的清明饼有山野植物的清气，味道独特。知堂在《故乡的野菜》中称鼠麴草做的清明果为"黄花麦果糕"，大约是因其开黄花之故。永嘉也有不加馅料的清明饼，因为鼠麴草的叶子披有白色绒毛，很柔韧，吃起来有嚼劲，因此，即使是不加馅料的清明饼，只要有了鼠麴草，也令人回味无穷。永嘉有的地方做清明饼，是用鼠麴草和艾蒿一起和面，那样就能使饼呈现碧绿的颜色，更为美观。杭州、嘉兴等地的清明青团大多用艾蒿做材料，颜色青碧，极为悦目，味道也丰富，有甜味有咸味，而我们家乡则大多是咸味的清明饼。去年我还采了些鼠麴草带到北京来，做咸味的鼠麴草馒头。鼠麴草是不会教人失望的，做成简单的馒头也很好吃。

采鼠麴草时，我常在田埂或野地里发现几种喜欢的闲花野草。紫色花里，就有精致的刻叶紫堇、夏天无（伏生紫堇）、紫花地丁、通泉草、紫云英等。通泉草的名字，给人以"通向泉水之草"的遐想。紫云英是我童年很喜欢的花，彼时水稻种植普遍，春日稻田里开满成片成片的紫云英，绿毯子上缀满紫红色的别致花朵，春阳暖暖地照着，田野充溢着芳香，那样的时刻，我和同伴总要在紫云英地里翻几回滚。此外，野地里还有鸦葱、附地菜、宝盖草、蛇莓、蓬蘽、山莓、黄堇等。黄堇的黄花很漂亮，不过，手触摸过它的叶子后会很臭。蛇莓的黄花也很明丽，但它的果实于童年的我是一种禁忌，因为大人们说："吃了蛇莓果，肚子里会长小蛇！"这近于恐吓了。蓬蘽则完全相反，它如此温暖柔和，二月或三月，它洁白的花朵一丛一丛遍开在竹林下、庭院边，端午前后就结出红色清透的果子，十分甘美。山莓为灌木，长在墙壁间或石缝中，果子比蓬蘽略酸，但也是山野的美好馈赠，是献给孩子们的礼物。

这时节，野荞麦也已经长出青青的新叶了。野荞麦的根是中药，叶子可食用，将野荞麦叶子切碎煎鸡蛋吃，是山家的春日珍馐。此

山里夹杂着桃花的一片油菜花

贮着雨露的鼠麴草

蓬蘽的花

时，春笋也抽了，虽未破土，但山民仍然能找到它并挖出来，因此毛竹林内常常是坑坑洼洼的。村中越来越多的村民开始挖草药卖钱，将野荞麦、麦冬、山栀子等植物连根挖走，所以山里的这些野生植物也越来越少了。"远古的安静、和平的景象和魅力似乎注定是要成为过去的……真的，即使花草木石，一切都要进入寂灭。"

二〇一六年三月二十日

春　声

　　丁酉年立春后的几天，山里比较冷，住在山里的第一夜，几乎整夜未合眼。半夜里只听得外面大风呼啸，后山的大樟树和竹林一齐发出海浪汹涌般的声音。睡前的晚上下着雨，七八点钟村口庙里还在做法事，雨声中黑暗里听得锣鼓胡琴木鱼声，还有法师们吟唱的歌声，更衬着山里黑夜的寂静，喜气而魔幻。夜雨打在屋瓦上的声音则是听雨的主打音。凌晨三四点，母亲也睡不着了，族里的堂二伯昨晚去世了，我们都没有睡意，两个人于是聊起家族里的事，外面狂风依旧肆虐。邻家旧屋木门闩得不牢，被风吹得开开合合，听起来令人害怕。幸而紧跟着，鸡鸣起来了。在山里，鸡鸣一起就觉得寂静的夜晚顿时热闹起来，有一份踏实安定。与鸡鸣的欢快声音相反，晴天夜晚经常听到的猫头鹰叫声，在乡里通常意谓着不祥之音。

　　大风后第二日，是多云的天气，依旧有风，日出后能看到一点阳光。在村里散步，毛竹林绿云涌动，瑟瑟作响，好看又好听。在山里，人的感官更容易被激活，变得灵敏，只因贴近了土地，视力周遭所能看见的美丽事物比平常多。看见熟悉的地方长着熟悉的植物，开着熟悉的山鸡椒、紫花地丁和野荞麦，便会觉得亲切而幸福。可惜今年旧家下面的土路被修成水泥路，去年的那些植物再也见不到了。那一大片的阿拉伯婆婆纳，大地蓝色的眼睛，被扼杀了。还有早春时节开着紫花的益母草丛和开着黄色五瓣小花的蛇莓都不见了，去年没来得及拍摄的那一丛蓬蘽的白花，今年再也拍不到了。那堵长满植物的旧墙壁如今被刷上水泥，它曾经开满了童年的蓝色牵牛花。

　　雨水节气这天的早晨，下着雾气似的细雨，细如发丝或针线，极不容易发现，只有在外面走一段，才会发现其实不是雾是雨。这种天气的清晨，春鸟们也已经早早开始鸣叫了，几乎都是细细的婉转的啼声，这其中我最熟悉的，是黄莺的叫声。我很喜欢黄莺的啼鸣，那呖呖声中似乎有着黄色菜花般的明媚，充溢着春气。小津电影《宗方姐妹》里有一段，笠智众和高峰秀子演的父女俩正在廊下说话，庭院里一只黄莺啼叫了起来，叫了很多声，紧接着黄莺声的，是高峰秀子跟着黄莺调子学其啼声，父亲也学叫了一次，非常有趣——这是小津式的幽默。高村光太郎在《山之四季》里多次写到黄莺，说黄莺的叫声永远是优雅的，具有很强的穿透力，能够把周围的其他声音都掩盖。我想之所以能掩盖，还因为黄莺的叫声太悦耳动听了，那种韵律令人回味。

卖肉的牛角声也很早就吹起来了。此后是卖鱼和咸货、蔬菜、百货的叫卖声。散步路过无人居住的旧房子，风吹着门边脱落的旧对联发出呼啦啦的响声。有早起的人在近处院子里的咳嗽声与扫地声，扫帚扫过从柴上掉落的干叶子，发出沙沙声。远处有一种鸟，发出呼噜呼噜的声音，也经常在电影里听到这种鸟声，然而不知名，这种时候很苦于自己知识的贫乏。苦楝树掉光了叶子，枝头剩下一串串干枯的果实，非常好看。一只大山雀从苦楝树上飞到人家院墙上，又飞到古旧的门台顶上停留，发出细微又连续的喳喳声，叫声并不动听。村口二百多岁的大樟树是鸟的聚集之所，鸟声繁华，喜鹊声最为聒噪。春日的晴天最容易听到的鸟声还有布谷鸟，听起来温柔又平静。三四月，燕子飞来的时候，还会有燕子唧唧喳喳的叫声。布谷鸟和燕子的叫声都是属于故乡的山音。

雨落在菜园里菜叶上的声音也好听。菜园里长着许多荠菜花和鸡儿肠，雨落在野花上，也许也会发出声音吧，但是我们不会听到。万物中还有许多细小的声音，比如植物抽长的声音，花朵开放的声音，都是人们难以捕捉的。

竹林在下雨天发出的沙沙声和晴天风吹的飒飒声并不同，竹林中的雨声更温柔，竹林在风中飘摇的声音则显得清飒。许秦豪的《春逝》里，电台主持人去江原道乡间录下竹林和流水的声音。她采访在竹林边住了五十二年的老太太,老太太说,竹林声音最好听的时候,是在刮风下大雪时;竹林沙沙的声音能让混乱的心情安宁下来,她一听到便觉得心情又舒畅又平静。

  我特意在有雾有细雨的雨水节气里去竹林。这天,竹林里有雨滴声,还有黄莺声。竹林外有小溪的水流声。春天的水声真温柔啊,春天山间泉水的声音和鸟鸣一样动听。电影《阿弥陀堂讯息》中,梅奶奶说失眠时就听水流的声音:"我听着水流的声音,想象着我也是水,感觉我自己跟着水在流动。我和水一块儿流,流啊,流到很远,就在我觉得到达大海时,我就那么睡着了。"

二〇一七年春

山上的春天

竹 林

二〇一七年雨水节气这天,下着蒙蒙细雨。雨水滴沥能使竹林更青翠,这样的天气我更喜欢到竹林去散步。经常去的那片竹林在村子西面下方的山坳里,山坳两边山坡上都长满了毛竹,站在高处远望,一阵风过,竹林顶端如水波般涌动,令人神清气爽。

竹林边高地上有一片水田,留着干枯的稻茬。我小时候和伙伴们都很喜欢这片稻田。这时节,田里已经有稀落的紫云英开着漂亮的花了。田里还有今年刚抽长的鼠麴草,片片柔嫩的倒卵状匙形叶子上贮着雨水,晶莹闪亮,活泼新鲜。因为下着细雨,阿拉伯婆婆纳合拢了花瓣,似乎是在阴雨天睡觉休息了。这些都是年年重复看、熟悉的旧事物,但每年春天来临,我们还是会有一种新鲜感,仿佛一切都是新的一样。这就是大自然的丰富和魅力。

竹林里沙沙沙的风声、细雨落在竹林的瑟瑟声,及竹林之外的溪流声,都沁人心脾。川端康成很迷恋竹林,欣赏竹林时,他说:"还有比竹叶上闪烁着的阳光更美的阳光吗?……我自己的心情完全

竹林和田

雨天竹叶的颜色

变成竹林的心情了。一个月也没同人说上几句像样的话。心情像空气般澄清。"他所说的是阳光下的竹林。而雨中的竹林也别有情味,声音好听之外,颜色也很有趣,被雨洗过的叶子颜色深浅不一,有的翠绿,有的暗绿。暗绿的叶子看起来更为寂然,那是一种古典而东方的沉静气息。如果是有雾的天气,竹林中流动的薄雾也很悦目清心。

  这时节竹林的颜色其实还有点偏黄色,竹叶的绿色还是去年的旧绿,柔嫩的新绿要等到五六月才能欣赏到,那种新鲜的竹绿满含着山的气息。春笋已经在土下暗暗生长。我母亲是掘笋能手,这些天她已经从泥下掘出很多春笋了,我们几乎每顿都要吃竹笋饭。周作人说过:"黄河以南的人提到竹,差不多都感到一种乡愁,但这严格的说来,也是很俗的乡愁罢了。"因吃笋而引起的乡愁固然俗,然而我的乡愁却是一直存在的。现在北方也很容易买到笋了,所以我的乡愁,还是因为想念竹子和竹林。还有竹器在日常生活中的应用,比如前日在大锅煮米饭,要蒸菜,没有架子用,母亲就用竹子现做了一个竹架子架在锅上蒸菜,这种南方特有的质朴情调及其带来的快乐,在北方是没有的。

二〇一七年二月十八日

山 行

  今日最高气温有二十度。山野早开的桃花已经是半树精致的浅红色轻云了。去村郊看去年那丛马银花，今年只开了两朵花。途中遇见村里的一个小姑娘，我邀请她一起去行山。去了东边的山谷。大约已经二十年没来这个山谷了，山路非常荒芜。茶园边种着枇杷树，枇杷青果子已经有一元硬币般大。山间绿色树木中夹杂着灰秃秃的落叶树，山边偶尔点缀着四川山矾淡黄色的花。山，还未完全从冬日的沉睡中醒来。

  一路上只有我们两人。树林里有各种鸟声，强脚树莺不知疲倦地传来突出又悦耳的歌声。忽然，下面山间似传来蝉鸣声，季节不对，觉得不可能，听了一会，还是觉得像——像蜩声，寂静中有一种黄昏的感觉。"引起某些听者奇妙的乐趣，使他们心目中充溢一连串有关夏天的感觉，乡村的种种旺盛的，欢快的东西的想法。"英国博物学家怀特所描写的蟋蟀声，同样适用于这种声音。到了看林人住的茶场边，这种声音变得近且清楚了，仔细辨听了一会，觉得是一种鸟声。后查知，这种鸟声是棕脸鹟莺的叫声，多发于竹林。熟悉了棕脸鹟莺的叫声后，觉得也很动听，那种声音会让人有温柔的情绪，有点像童年吹出的哨子声。

茶场周围山野种了很多杨梅与枇杷，如今杨梅树与枇杷树大多荒废，改种了经济效益好的茶树。山谷中有土路通往山底的乌牛镇，现今路也荒芜了。小时经常独自走这条路，路两旁浓荫蔽日，少许阳光很细碎地漏下来，山谷非常寂静，在各种鸟鸣的衬托下，这寂静更显荒凉。最怕乌鸦叫，啊啊啊的声音很像人声。乌鸦的叫声似乎更适宜出现在坟墓边的侧柏上，因此鸦啼让这寂静变得可怕了，这是一个十岁左右的孩子无法消受的。但山谷中却有另一种吸引人的事物：油茶树。这山谷和山坡上也多油茶树，春天的时候，茶树上常会出现"茶泡"，我们叫它白山茶桃，可以摘来吃。

过了茶场，老山路被打断了，走了一段新开的公路，想继续沿着老山道走。我们在新公路下方山林里找到一条老山路，披荆斩棘地走了一阵后，前面忽然没有了路，林间隐约有一条小径淹没在狼萁和茅草间，不敢贸然前行。我们返身重新回到新公路上去，沿着新公路绕过山坳，走到对山，往山顶的村子走。村子叫东坦头，我们的村子在东坦头对山。几个山头间都是有路相连的。

我没料到会行这么远的山。之前没有准备水，也没带钱包。两人都觉得极为口渴。到得东坦头，远远望见一户人家的园子，一棵瓯柑树上还挂着两三个金灿灿的果子。然而这瓯柑树长在高处的竹林边，根本够不到。幸好园子里另外一棵低处的树上也剩有一只柑，我摘了柑子两人分吃，总算稍稍解渴。其后欣赏山景，才觉得心旷神怡。回首发现这柑树主人也在近旁，是个很和蔼的老太太。

"阿婆，我摘了你的柑来吃了。没带茶水，走了很多山路，口渴得很。"

"吃吧！姑娘从哪里来啊？"

"是前面木桥村的，从下面茶场上来。"

"那走了不少路啦，咱们算是邻居，我去屋里泡茶给你们喝。"

"阿婆，不用泡茶啦，吃了柑子好多了。"

"哎，那我再拿些柑子给你们。"

说罢她就进屋拿瓯柑去了。一会儿工夫，她提着一个塑料袋出来，里面放着几只大大的瓯柑。她把袋子递给我，说，拿去吃吧，不要客气。我很不客气地接受了这几只瓯柑。

我数了一下，一共有六只柑，心里充满感激，觉得这种淳朴的人情味在乡村还是保持得比较好的。这种乡间的人与人之间的恩惠，在城市很少见。今天的一切都恰到好处，自然中一旦融入人情便更加意味深长。口渴的时候吃着这瓯柑，真是甘之如饴啊。

二〇一七年二月十九日

故乡的山

近午,去银茶坑山间,发现两处向阳的地方已有映山红开放,一小枝上开着两三朵花,大多还是红色花蕾,饱含春天的味道。山道旁开满碎米荠和荠菜点点的白花,"春在溪头荠菜花"之感已有七八分了。

今年二月,山矾树还没有开花,光滑暗绿的树叶的确很像桂树的叶子,只是尺寸略小。这时候,山野开得最多的是四川山矾,叶子比山矾大而狭长,颜色近于黄绿,浅黄色的花朵像一团一团小毛球似的缀于一串叶子的顶端,姿态和颜色都不如山矾,却有一种热烘烘的气息,像骤暖的春日晴天,明朗,令人喜悦。

从荒芜的山间小径向山谷走,道旁某种蕨类植物长得近半米高,乔木多枫香、杉木、柳杉之类,道上铺满了它们的落叶。小时常背着竹箩来山里捡这些落叶做柴。山里没有悬铃木,所以第一次在镇上,看到平原的孩子拿着一根细铁杆子在林间叉树叶,看他们把悬铃木硕大的叶子像穿羊肉串般地穿在笔直的铁杆上,我又惊讶又羡慕,觉得他们干的活儿竟然如此优雅,和我们山里人毕竟不同。而且,他们拾这些落叶是用来生煤球炉的,因为山里烧柴灶,觉得煤球炉也很高级。

一片茶园边上长着一棵开着小小白花的野山茶树。泥坡上有某种堇菜开着浅紫的花，叶子带着白色的茸毛。地苍的叶子被冻得发红，去年秋天的紫花还留在上面。就这么在故乡的山里游荡着，心无挂碍。觉得只要在山里，就总能发现无穷无尽的新事物，意外而有趣的事常会与你不期而遇。山总是丰富的，美好的，总在那里等着你。石川啄木的诗"对着故乡的山，没有什么话说，故乡的山是可感谢的"，让人深有共鸣。故乡的山，是可以依托心神的。

同样的山，同样的春天，每年都来，却每年都会有新的感觉、新的发现、新的美。比如去年种油菜花的土地今年不再种油菜花，于是这一处山边菜花开的情景便不会再现，可是你却会在别的地方发现别的东西，比如水田里一片完整的紫云英，或竹林里的红山茶、瓯柑，这些心头为之清新的事物。这些春天的美都是值得储藏的。当我们在都市待到厌烦，而身边又没有触手可及的自然时，就可以拿出这些清新的事物来回味，使我们回到沉静的日常里去。

二〇一七年二月二十一日

山上的生活

早上下着细雨，天气多变，气温下降至九度。早饭后烤火读

《竺可桢日记》。天气一冷，就想围着灶下烤火（柴灶在冷天多么可贵），用柳杉和杉木的干叶引火，用茶树梗把火烧旺，叠几根粗粗的松树枝干，听着毕剥声，这时读书或写点东西都好，觉得温暖，满足。屋里插着前几天采的菜花和桃花，这情景所带来的幸福感，同去年四月在北京家里，坐在插着芍药的桌前，晒着太阳看书写字是一样的。

午后放晴，太阳出来了，在近处散步。豆畦里，蚕豆、豌豆都已经开花。蚕豆花在太阳下已经发挥出蚕豆的气味了。豌豆花有三种颜色，白色花瓣淡红色花心的，浓紫色花瓣粉红色花心的，淡紫色花瓣浅粉色花心的，非常漂亮。我们乡下的方言里，把蚕豆和豌豆的名字对调了，蚕豆的方言叫饭豆、豌豆；而豌豆，乡人是唤作蚕豆的。翻《鲁迅的故家》才知道周作人也说过，罗汉豆即是蚕豆，而蚕豆则是豌豆。据绍兴朋友解释，绍兴蚕豆叫罗汉豆，豌豆就叫蚕豆。

菜地里长着碧绿的菜蔬，芥菜肥大而青翠，卷心菜很结实的样子。我喜欢卷心菜外面的层层绿叶，绿中微微泛白，可以称之为烟绿色。小油菜叶片繁复，整棵菜的形状像玫瑰花。小油菜地里夹杂着些龙葵，龙葵秋天的花与果延续到了春天。如今菜地里种芹菜的也多了，过去山里是没有种芹菜的，只有年节摆酒吃才去城里买芹菜,在幼年的我的眼里,芹菜有喜庆气息。看着地里的这些菜,让人觉得吃了会很健康。在山里过日子,吃这样的菜,似乎人也会变得勤劳有活力,惯于早起。而山里的日子,好像也特别长,时间缓慢而经用。在这里,"过日子"的感觉会特别强烈,时间都消磨在开放、宽敞而丰富的空间,每一分钟看似"无用",然而只有这样过,时间对自己才是"有用"的。正因为有了这些日子,有时候会傻气地觉得,为人在世,没白来一遭。

晚饭时又下起大雨,雨声打在瓦上很清晰动人。晚上七点不到,村路上便一个人也没有了,黑魆魆的,会觉得有点可怕。其实,山里也不全然是美丽的事物,到处是新盖的丑陋房子和长期未得到处理的垃圾,村中所有的路都被修成水泥路,山体也被破坏了。一些村庄、古建、河流、植物都消失了,这里的风土也不再是过去的样子。而且旧房子里的生活是非常简陋的,床铺散发着霉味、没有自来水、没有热水器,所有无用而长辈舍不得丢弃的东西都从镇上运回来,堆放在房间里,这些都是需要忍受的。然而粗粝的生活,会令人的神经变得粗犷。我春天回山里生活,今年是第四年了,我并非在幻想所谓的田园生活,但此地也绝非像大多数农村那样贫穷、落后、不文明,要在这里过一种简朴健康的乡下生活也是可行的。

你的家乡于他乡人而言,也许是毫无意义的,在他乡人眼里,那里的山川田野不过是平凡的风景。于我而言，家乡古旧、亲切却永远充满新鲜感，是个可爱的地方，这里的一切，我似乎都能默默接受。想起侯孝贤在一次采访中对年轻导演说的话："认真地去关切你居住的地方，你成长的土地，还有你周遭的人，你有这种关注力，电影只是一个形式，你写小说也可以，什么都可以，你任何的表达形式其实都可以帮你做到，因为你有这个心，这是最重要的。"对于故乡，我觉得自己算是有某种关注的。

在山里的雨声中入睡，会一夜好眠。我喜欢这样，"山就像是在轻摇，让我们入睡。"

二〇一七年二月二十二日

紫云英

农历二月二,我去村子最里头的"村里角"寻觅紫云英。马上就要进入阳历三月了,想来紫云英也已经开放。

"村里角"有几片幸存的水田。村里的水田几乎都变成了茶园,紧跟着,山里的土地和水都被污染得很厉害,因为夏天要给茶叶打很重的杀虫药。而这几片水田,因为有人家要养鸭子或种一点糯米,才得以留下来。去年三月,我在这边的稻田里看过紫云英,不过只是零散地小片小片地开放在水田里。"村里角"还是一如既往地阴暗,右边山坡高耸的柳杉和竹林投下影子,几十年前长满青苔的石头,依然长满青苔。即便是如此阴暗的小角落,我也极为熟悉。这里,每一处都有我留下过的脚印。

一段破旧的石板路之后,是泥泞的山路,一群水鸡养在水田里(温州方言称在水里养的黄黑鸭子为水鸡,称白色鸭子为番鸭,不同于日本文学中出现的水鸡),一群番鸭跑到泥路上去,路已经被它们阻断了,而且很脏。我只得往回走,从左边的山坡爬上去。山坡上有户人家,我从这家屋侧爬到高处的茶园上去。茶园和下面的水田在这小小的山谷里呈梯形状。站在茶园,我看到下方的稻田里开满了紫云英，竟然是一片完整的紫云英田！这在现今的山里是很难得了。如今，紫云英即使在乡下也并不容易成片见到了，要到山里去寻觅。得感谢那群鸭子让我改变道路爬到了高处。这稻田恰好位于我去年看紫云英的水田上方，而且梯田的墙壁相当高，如果站在下方，不可能看见这片紫云英。

我从茶园小心翼翼地跳到紫云英田里。怕踩着那些美丽而细碎的紫红色花朵，我缓慢地走到田埂上去。土地非常松软，触感好极了，像是踩着花地毯。每当面对喜欢的花，总觉得怎么看也看不够。这么繁华的花田，相机并不能拍出它全部的美。这天天气正好，阳光照着整片花田，暖洋洋的像是回到了小时候的春四月。彼时水稻种植普遍，每到春日，稻田里便密密匝匝地盛开着紫红色的花，春阳也是这样暖暖地照着，空气润泽而充满馨香，紫云英田里到处有嗡嗡的蜜蜂在飞，我和同伴们中午放学回家吃饱饭出来，总要在紫云英地里逗留一番，打几个滚，才肯去上学。

那时我十岁左右。一起在紫云英田里打滚的几位同伴之中，有一位很要好的，名字叫绿。绿长我一岁，我们一起上学，一起放学，一起写作业，彼此常到对方家里过夜，一起追看喜欢的电视剧。然而在小学毕业的夏天，她十二岁的时候，死于溺水。那天黄昏我从邻村外婆家回村，一路上听闻人们谈论我们村子里谁家的孙女，去

紫云英

水库游泳，溺水去世了。平时对她爷爷名字极为熟悉的我，忽然想不起那名字是谁，"他们到底在说谁的孙女呢？"我思索着。慢慢意识到是她的时候，我已经走到她家院子门口了，我看到她躺在堂屋里，身上盖着红色的寿被，肚子高高地隆起，觉得陌生而遥远，我的眼泪顷刻间不能自已地滑落，那是我第一次意识到死亡的可怕。那不是一次完整的死，没有完整地体会过人生，怎么会得到完整的死亡呢？完整的死也许并不可怕，曾在电影里看到一位身患重症的老学者，病中在家里起居如常，练习写毛笔字，家里不染一尘，大敞的门外是美丽的秋日庭院。他临去世前，还欣赏着院子里一树漂亮的红色秋叶，而后平静地去世，就好像用自己的意志停止了呼吸。这样的死亡是很完整的，如秋叶之静美。我想大概只有在电影里才会有如此完好的死亡吧。

成年后的很多年，我还会常常梦到她，梦到她是活着的，或是复活了，像是枝裕和根据室生犀星的作品改编的《后日》里那样。她回来了，在梦里回来了。

其实我每次看到紫云英，就会想起她。

二〇一七年春

永嘉清明

一

许多年没有在清明时节回永嘉了。清明前后家乡春天的润泽景象，是很想再看一看的。这次在清明前几天回去，经台州转往雁荡，在雁荡小住两日，继而北上楠溪江，宿岩头镇，游十二峰、龙湾潭和下日川等地。

春天或夏天多雨时，楠溪江是很适合看山岚的，这两个时节在清晨坐乡间巴士沿着楠溪江进山，都会看到群山间烟云出没的景象。从江下游的太平岩开始，路两侧的风景就变得清幽动人，清澈如镜的碧水和江边青翠的树丛，都引人恨不得从车上下去。这时真希望自己能生出双翼，飞去遍览楠溪江的每一处山川。

在楠溪江山里的两天，春雨一直在下，山与树木花草都被春雨冲洗得更洁净清明。在十二峰的早晨，我们打着伞沿着环山公路往山深处走，四围都是山，青黛色的山麓浸在雨雾里，高低不同的山峰从雾气中呈露，宛如仙山。远远地看到对面山间有两三丛淡紫色的杜鹃科山花，开得绚烂繁华，有的花已露锈色，丛圆而大，看样子并不是马银花。白花檵木的白花此一树彼一树静静地开在山间,有一树开在湿漉漉的山岩上,别有风致,也有在灌木丛中衬着映山红而开的,这样"红白花开山雨中"的景象,令人过目不忘。松花正开放,散发着令人清醒的香气,松针缀着的雨珠极为美丽,是春天独特的气味和气息。

在山道上,我们唯一遇见的行人,是一个衣着很居家的老婆婆,拄着拐杖在路上慢慢行走,想来上面山里应该有住家。于是我问老婆婆,山里可住着人,住多少人。老婆婆回:上面村里住"一个队"的人。我想她真可以说是有"古风"了,仍然以生产队时代的习惯来记人数。这让人想起,七十年代谢晋导演曾想拍一部关于楠溪江的电影,写剧本的是茹志鹃,为收集素材,她深入永嘉山里体验生活。她说他们行走在山里时,曾有人拦截呈上状纸,装束还是清朝,脑后留长辫——真是"乃不知有汉,无论魏晋"。

我们原本是要去石门台的,我告诉过旅伴,石门台是真正的森林,有九个瀑布,想必清明前后会有杜鹃花开在瀑布下的溪涧边。我曾在石门台一张景区照片上见到,一泓奔流的泉水边,翠绿草木丛中探一簇杜鹃花,令人神往。有年夏天我独游石门台山中,见山中有杜若,开在林下非常美丽。但去年台风使石门台山路坍塌,景区正关闭整修,我们吃了闭门羹,转而去近处的十二峰。近处还有

雨中的山

开在山岩上的白花檵木

春山映在水中

掌叶覆盆子

陶公洞、崖下库等景区，记得上次去崖下库还是二〇一四年秋天，令人难忘的是山崖下树林间开满野生红花石蒜，幽暗中，一朵一朵寂然又明亮。

二

在十二峰山里农家吃过煮粉干，我们赶往岩头与另一旅伴会合，一起出发去龙湾潭森林公园。二〇一四年秋天去过龙湾潭后一直想象春山处处花的景象，很想在春天再去一次。春雨仍然在下，我们沿着红岩水库边的栈道前行，春山湿漉漉的浓绿中，处处点缀着新树鲜嫩的翠绿，映在水中，极为沉静好看；层叠的山峦间，此山之绿与彼山之绿浓淡不一，也是很好看的；栈道边的花树高高地开在水面上方，衬着远处山间一道小而长的轻纱似的瀑布。这样的风景比比皆是。覆盆子洁白的花开在山边，枝条形状极为优美，嫩绿色的掌形叶子和山莓叶子有鲜明的区别，山边北江荛花也甚多。

从红岩水库转过一条隧道，便是龙湾潭山脚下的栈道了，眼前可望见珍稀植物雁荡润楠高大的身影。这棵雁荡润楠一个树桩里长出四五棵笔直的树干，形成巨大的树冠，枝梢层层叠叠地堆着浅浅的黄绿色的花，不仔细看像几棵树紧密地种在一起，实在奇特。

沿着溪谷前行，旅伴专注于研究右侧山林下的苔藓和蕨类，我则喜欢观赏和拍摄更为广阔的风景。"在研究处于风景中的特定植物和动物的同时，也注意到风景总的特性。"这是梭罗所说的精神的可贵之处。忽想起自己以前说过，看植物要带有"人情"在里面。所谓"人情"，不是指世俗人情，而是指人的故事、经验、情感等，或者说"内心"。看植物或风景，要用这种"内心"去看，看风景的同时，也观照心灵，让心灵变"活"，对所见产生热情，或许这样，才会觉到风景和万物的"灵"。如东山魁夷所言："我们认识风景，是通过个人的眼睛而获得心灵的感知。"我想，如果没有用"心灵的眼睛"去看风景，风景会比较乏味吧。

正这样想着，在溪涧边见到的一棵马银花，山雨中，整棵高而纤细的马银花湿漉漉地呈现在眼前，疏密有致的枝叶间盛放着为数不多的几朵花，浅紫色的花瓣点缀着深紫色斑点，衬着墨绿远山与山涧的白水，在雨中显得非常娴静、空灵，美貌非凡。这三四朵花儿一律朝着风景更为开阔的溪涧方向开放，仿佛是为了便于欣赏风景，行人只能望其背影。即便如此，人们还是能触到这些花儿的灵气。这些花儿让我想起老家山中每岁如约开放的那丛马银花。

溪涧清流边的野生金钟花也水灵灵的。再抬眼望一望郁郁苍苍的层山，最近一层是生长着浓绿大树的山，尚未被烟雾笼罩；再往后

溪边的马银花

龙湾潭的山

一层，是浓荫之上一座峭拔的山峰，薄雾浅浅地在峰顶的小松间流动；再往后的山峦在浓浓的白雾中时隐时现，空灵缥缈。山气几乎达到最佳，一边呼吸着充满湿度的空气，一边听着春雨落在雨伞上，望着寂静的山间，觉得这空山灵雨真是沁人心脾，一年中若有一两回看到这样的风景，也就心满意足了。这深山的灵气让人想起井上靖《穗高的月亮》里的一句话："来到此地，不知道由于山峦的心灵，还是由于自然的心灵，总之，仿佛所有的邪念都消失得一干二净。"

三

远处，一座古老的石桥上，站着几个打着花花绿绿的雨伞看风景的人。从桥洞看过去，一泓小瀑布哗哗地流到碧潭里。近处，枫香青翠欲滴的嫩枝朝低处伸展，垂曳在山涧之上。过了石桥，便是上山的路了。曲折地走过几段山道，路遇大小不同的几处瀑布后，便到了山里最大的一道瀑布——龙湾潭瀑布前。两位很有研究精神的旅伴被我远远抛在后面。此刻，我独享着春天的瀑布。一道从绝壁泻下的极为壮阔的瀑布。瀑布注入龙湾潭的潭水中，潭水非常绿，楠溪江山间的潭水都是这样一种古老的绿色，几近松石绿色——可能是山泉富含铜离子等化学物质的缘故吧。

向瀑布右侧抬眼一看，忽地看到白花一树。是轻盈而明亮的花，走近看，轻云似的花朵堆在枝梢，树下台阶上，已经落有不少柔软芬芳的花瓣。我捡起一个花瓣细看，花瓣有缺口，可能是某种樱，然而无法确定。暮色渐渐笼罩山间，我等着两位旅伴上山来。许久，旅伴们来到瀑布边，"山樱！"其中一位说。啊，愉快极了，这是我第一次见到山樱，而且是瀑布边的山樱！"龙门瀑布满樱花""如此瀑布如此花"，写瀑布与樱花的句子，以前只在芭蕉翁的俳句里读到过，没想到近在眼前。我们在瀑边花下流连许久，暮色越来越浓。暮色中，透过山樱花的枝柯，看到瀑布边山崖间浮动着淡淡的白雾，枝柯也浸在白雾中，美到难以言说。山樱与白雾是如此协调地溶于青蓝色的暮色中，像一种梦境，不偏不倚，被我们赶上了，使人心境陶然又澄净。这大概就是大自然的"净化"作用吧。

在这棵山樱树下的草丛里，还发现一种名叫旌节的稀有植物，它的花像古代皇帝头冠上悬垂的冕旒。

瀑布与花树之间还有一座古色古香的亭子。瀑布，亭子，山樱，薄雾，构成了一个极静寂的境界。樱花果然还是要在寂静的山里观赏更好啊。想起每年四月在北京玉渊潭，在喧闹拥挤的人群中观看樱花，心很难静下来。"春山多胜事，赏玩夜忘归。"我们离开龙湾潭的时候，天色已经完全黑了，鸟儿的啼鸣声也愈发喧闹了起来。

四

春天的雨下得很长。走在路上,听得楠溪人说:"这些天雨落煞了,清明节就会放晴。""落煞",差不多是落尽的意思。街市上已有摆放整齐的新鲜菊花篮、纸钱、香烛售卖了,也有饼摊开始卖清明饼了,有的店家用蒸笼炊卖清明饼,热气腾腾的。因为想再看一眼雨天的江,去了下日川的狮子岩。雨天的楠溪江是很好看的,水泽苍茫碧净,江中时有小山、岩石和滩林浮现。石滩到处可见,在岸边或是江心的地方,白晃晃地暴露在水面。水涨的时候,一些石滩就会被淹没。

下日川岸边有一排年代久远的枫杨林高高竖立,一阵带着春寒的风吹过,满树花絮飘扬,嫩绿的枝条垂垂地飘摇在江面上方,极为好看。江水非常澄澈,有村民在江边洗菜。因为是雨天,几乎没有游客,江面上也没有竹筏和船,水面宽阔平静,风景一览无余,能看到很远的地方去。远方有层层黛山,山峰白雾缭绕。江上时有白鹭翩翩飞渡江水,在滩林间徘徊,滩林边的石滩上有一两点游人在漫步。看着这些,"曲终人不见,江上数峰青"自会浮上心来。说到"曲终人不见",其实是十年前初冬我曾游览此地,我们坐在江边休息看风景,游人很多,碧绿的江面上正举行一场冬泳比赛,不远

石桥

春天的龙湾潭瀑布

雾中山樱

清明前后街市上售卖的清明饼，这种是咸馅料的

处的竹排上放了两个大音响,热闹的音乐通过水底传了过来。彼时是楠溪江的旅游盛期,很喧闹,没有现在这般安静。盛期一过,一切都归于宁静。

"大约在人迹不到,水草清茂之处徜徉容与,是人世间最赏心悦目的事。"从下日川岸边慢慢踱步到狮子岩岸边,江边的草木和江水都是一片浓润的绿色,引人入胜。水边偶尔有一片麦田并着油菜田,是油润润的不同颜色的绿,青麦的绿色偏暗,看上去很华丽;这片油菜花差不多已经开过了,菜地呈现出美丽的烟绿色,并零星地点缀着余留的黄花,色泽淡而柔和。而田边的江水,则是绿松石一样清亮的绿色,这种绿带着一种宁静之感,让江水看上去似乎很平静,好像停止了流动,实则水一直在暗暗流动着。这也是楠溪江的险处。

就像渴了要喝水,眼睛也要常常受这些绿色的滋养。这两年一到春天,我都会沿着楠溪江徒步。从下日川下去,便是西岸村,然后是石柱村、岭下村。这一段路,可以说是"一去二三里,烟村四五家"了。用一个朋友的话说:"这样的山水仍然可以遥接古人。"去年三月的一个雨天,我在岭下村到"农耕小院"一段徒步,一路都是田野桃花的春景,非常动人。我既喜欢像岭下村这样带有世俗人情的田园风景,也喜欢龙湾潭那样人迹罕至风景清幽的地方,这些地方都会让人的生命半径变得更长一些。

五

清明前一天，我回到乡下老屋居住。清明这天的早上，发现燕子回来了。雨，可能真是在前几天落尽了，这两天天气非常爽朗，二十三度上下的气温令人舒畅，天空是明澈的蓝。蓝天下，三五只燕子立在电线上叽叽喳喳，随即，又轻盈地在空中旋旋地飞，然后其中两只停留在屋檐下的电线上，又一只，停在屋檐下的旧燕巢边。燕子是近人而不怕的，我对着它们拍照，燕巢边的那只，也把眼睛望向我这边。看《寅次郎的故事》系列电影时，很喜欢山田洋次拍的春天，因为有燕巢和映山红，有艾草，有秧田，时节也常是清明或端午，空气很清明润泽，让人想起家乡。

这时候，茶的嫩叶已经很长了，村民都忙于抢摘最后一轮茶草。有的人家采完茶已经开始割茶树了，山里经常嗒嗒地响着割茶树的机器声。偶尔也有人家的晚茶叶比较嫩的，这户人家的主妇在茶园里采摘，路过的熟人会以专家的口吻说道："这几张叶子好，幼嫩！"主妇谦虚道："冇名堂！"听着这样的对话，觉得亲切有趣。

有的水田已经蓄满水了，水鸡在田里悠然地游动，阴处的桃花清艳地开在田边。"桃花的红色，是来自平纹绢帛的往昔某种绝品纹袍的染织色。"永井荷风如是说。此时，向阳处的桃花，已经在三

楠溪江下日川

村民在江边洗菜

楠溪江狮子岩

月开过了，现在已是满树新绿，并结出少量的小桃子。村里共有十几处桃花，现在还有四五处正开着花。枇杷的青果渐渐大了，有的开始稍稍上一点黄色。市镇上却已经有带叶的枇杷下来了，售卖者说是本地枇杷，想来是温室种植的。门前油菜花三月未开的，此时已经开满了。而院门口的梨花却毫无动静，像是还未从冬天的沉睡中苏醒，或者，它已经枯死了，非常静，是鸟雀们最喜欢的栖息处。往年的春天，这棵梨花在清明时已经是一树白花如雪了。眼下，村中的白花只有李花开得最为热闹。

  清明的上午，跟着大伯伯和叔叔们，还有堂兄妹们提着篮子去扫墓。"粔子玲珑担出城，纷纷祭扫趁清明。太公坟上年年到，不是扫青是踏青。"这是温州竹枝词写清明扫墓的情形。先去祖父祖母坟上。三叔点上香和蜡烛，四叔在碑前供上花，然后除草，大伯烧纸钱。堂妹摆上供祖先的酒馔，菜有小黄鱼、煮瘦肉、煮肥肉、芥菜、胡萝卜、豆腐干、白萝卜、绿豆芽汤八种，主食是清明饼、白米饭，一共十碗。另有酒三杯，筷子三双。菜肴看上去冷汤冷饭的，分量也极少，自然而然地带有一种非人间烟火的气息。而在坟的另一侧，很周到地摆了另一桌，是供山神的。顾禄《清嘉录》也有记载，上坟要供山神的。夏丏尊在《谈吃》里说："中国人是全世界善吃的民族。不但活着要吃，死了仍要吃。他民族的鬼，只要花香就满足了，而中国的鬼,仍旧非吃不可。鬼要吃,神也要吃,甚至连没嘴巴的山川也要吃,天地也要吃。"我们供山神摆的供品有饼干、瓯柑、塔形清明年糕、做成鸭子形状的清明果,以及圆形印花清明饼,一刀熟猪肉,还有金银纸箔。所有东西都盛放在花盘子里,看起来比较喜气。在人们心里,神是活的,所以供完神的东西自可以拿回家去给人吃。而祭过祖宗的食物,就不再吃了。

大伯伯在邻近的坟上也烧了一点纸钱。他说此人无儿无女,没人扫墓,每年清明也给他烧一点纸钱。我听了竟有一点感动。放完鞭炮,然后去了太祖父坟上,以及太祖父兄弟的坟上。太祖父兄弟早夭,墓碑上书:清处士远臣缪公之墓。据说远臣逝于宣统年间,墓碑则立于民国十二年。坟也是那时的样式,不同于温州比较普遍的"椅子坟"。今天的山里到处是此起彼伏的鞭炮声,像鬼神的新年。在远臣公坟上烧完纸钱,放完鞭炮,大家依例还得在坟上留一会才能离开。这时候我就去掐一枝附近的映山红。

因为开在荒草之间,几近淹没,我就狠心掐了长长一枝。我昨天也曾在山里寻过映山红,在山里走了很久,只寻到两三处,只有一处林下的开得比较好,有一处田边的还是花苞,总体而言,今年清明开得还不多,漫山遍野的景象,大概要等到四月中下旬吧。这时节石斑木倒是开得正盛。小时候清明扫墓后,总要掐一大把映山红带回来，花束大到手都握不下、握久了手掌都会疼，现在想来是非常奢侈的。李慈铭写清明扫墓后回家带的，则是满船的桃花，也令人向往："幼时每岁春中，全家至漓渚山扫墓……漓渚山多桃花，奴婢多折取之。回舟至三山前。时薄暮。风雨斜作……望之，烟雨空濛，画船散缀……船头桃花满束，渐透渐明，此景迄今二十余年，思之犹在目前也。"

六

照永嘉风俗，扫完墓族里要吃清明酒。今年轮到三叔家扫墓和做酒席，扫墓大家一起去，三叔家备祭品；清明酒也是三叔家买材料，大家一起做，我妈掌主勺，三婶四婶打下手，大伯母烧火。今年来了约二十人，开了两桌，四个冷菜拼盘——熏鹅拼桂圆、花蛤拼白煮肉、墨鱼干拼炸响铃和黄鱼干拼葡萄。热菜有三鲜鱼丸汤、海参芥菜鸡蛋汤、红烧黄鱼、芥菜烧笋，主食为肉炒芥菜清明年糕。

温州的清明饼，可以做成有馅料的清明果，也可以做成无馅料各式清明果：有印花的清明饼，也有做成家禽形状的清明饼，以便当供品。另外还有做成长条的鼠麹草年糕，这种年糕非常香韧。永嘉人有时生活很随意，肚子饿了就吃冷的清明果或清明年糕，说寒

岭下段春日楠溪江

燕子回来了

在山里走了很久,终于看到一簇映山红

食后就可以吃冷食了,这倒是有点古风,正合温州竹枝词里一首写清明饼的:"三月清明寒食节,挨家备饼熄炊烟。"

芥菜烧笋是压轴。笋是哥哥们去竹林里现挖的,挖的都是尚未露出泥面的"白茅笋(方言,白嫩的笋)",极其鲜美。我看哥哥们挖笋的照片里,竹林泥地上落满了棕榈树花瓣上的小粒。原来这时节棕榈树也已经开花了。

永嘉竹枝词也有写清明的春景:"蚕豆花开苜蓿肥。"其实,这时候蚕豆已经结出了一些小小的豆荚。苜蓿此地没有,却有紫云英已经在田里开得非常满了,满出田埂去。清明前有个傍晚在楠溪江的霞美,那里有大面积的稻田,田里的紫云英已经长得高而多了,因为长得高低不同,风吹过去,紫云英的花海像波浪一样会流动。有的紫云英田里夹杂着油菜花,开在麦田边,特别好看。这时麦花快开完了,结出的麦子却还未饱满,郁郁青青的麦田接连成片,极其好看。麦田细路边豌豆满畦,长得已经有一人多高了!

村子竹林边的田地里,鼠麴草开满黄花,迅速老去,田里羊蹄长得很茂盛。山路边满是拉拉藤和空心莲子草;端午挂在门上的艾草也长得较高了,成片的老鹳草,开着小小的清秀花朵;活血丹正盛放,花瓣带着紫斑。屋后林下,去寻野荞麦的叶子做菜吃,却看到成片的马兰头、蜂斗菜、野油菜(蔊菜)、五月艾(不同于挂在门上的艾草）。山里可以吃的东西总是很多的。

　　晚上在老屋，把白天掐来的映山红放在搪瓷盆里用山水养着。第二日早晨，我起得很早，想在下山之前再在山里走一走。去大济寺附近查看那些油桐树有没有长出新叶子；在地藏王殿边看大樟树新换的叶子；看新出的日头挂在枫香树枝间；爬了一段野山，看漫山新树翻卷的新叶。之后在村里采摘野荞麦的叶子，七点回老屋做早餐，把野荞麦叶洗净切细了炒鸡蛋吃。把映山红插在玻璃瓶里放在灶台上，衬着简陋的墙壁，真是满屋生辉。"质朴是美的必要条件。"下山时，我把那枝映山红带回镇上，养在我妈家洗衣的石槽里，本想插在泥土中养着带回北京的，然而临行前匆忙的早晨，它终于被我忘在那水槽了。火车一路北上，我一路想着，迢迢的南方，那把遥遥的带不走的映山红。

二〇一七年清明

麦子结出来了

摆在老屋里的映山红

雁荡山记

进雁荡山的傍晚，坐的是从雁荡山火车站到大龙湫的公车。过响铃头后，一路上山路回环，时节已近清明，常在车子一个转弯处，迎面一棵烨烨的桃花开在路边，或是远处山边开着一小片黄澄澄的菜花，给人一种山中岁月静而有序的感觉。车近锅灶门有一段上山的公路，能看到很远的山崖上的山洞，路边有的桃花已经开过了，道旁落满花瓣。这段路特别静，然后过一条长长的隧道，就到了能仁寺附近的一家客栈。

翌日上午我们去筋竹涧。锅灶门路边开了很多还亮草，紫色的花像翠雀那般精致，非常漂亮。过能仁寺，寺前有燕尾瀑，流向筋竹涧。燕尾瀑边有菜地，种着油菜花。瀑布我看过很多，但瀑布边上有油菜花的，却只在燕尾瀑了。离此不远处有能仁村——近于村庄的瀑布，大概都很有家常气息。

说到筋竹涧之名，看郁达夫的雁荡游记，和谢灵运的诗里一样，是写成斤竹涧的，看宋朝和明朝写雁荡的散文，则都作筋竹涧。郁达夫说斤竹涧一路上风景清幽绝俗，当为雁荡山全景之冠，大约是因为此地少有游客的缘故吧。我们一行在山道上遇见的行人，大多为来爬山的本地人,而筋竹涧的风景也确实清幽。溪涧边的山路弯弯绕绕,向南行,左边是山,右边是碧绿的溪涧,泉水清澈,溪涧上多石,清泉流过石上的青苔,使青苔滋润而好看——那种青苔的绿色,很像抹茶蛋糕的颜色。溪边的草木绿净如拭,林下多开白花的蛇根草、天葵、半夏,以及紫草科的植物,山边崖壁上多大花无柱兰、小沼兰。大花无柱兰是筋竹涧之行的最大收获,多亏同行的植物达人小磊,我们才得以认识这种中国独有的珍稀野生植物:花形略像蝴蝶,花瓣浅紫色,花朵中心近白色,分布深紫色斑点,成小片开在山崖边的草丛中,或与小沼兰一起开在湿润的岩石上,令人过目难忘。

第三日爬谢公岭。我以为谢公岭是很陡峭的,实则是比较普通的古道,爬起来比我小时候走的永乐古道还轻松很多。岭上石级缝隙中长满七星莲。山边多木荷、石斑木和赤楠。越过谢公岭,山那边就是大荆。大荆这个地名和永嘉一样有古意,很喜欢,有一首诗写道:"大荆饷耕满田坂,永嘉击鼓试龙船。"我们却没有翻到山另一边的大荆去,只在山脊走到能俯瞰灵峰景区的地方,将灵峰全景一览无余。灵峰算是雁荡山山势的一个代表,处处山峰回环深邃,郁达夫写雁荡山势是"几乎被胁得连口都不敢开了",《雁荡兵气》里则写"山势太逼,处处峰回路转",一个像是被胁迫了,一个觉得太逼人。所以觉得雁荡和兵气的文字组合,算是高明的,兵气大概就是雁荡的气质。比如灵峰,山峰高而峻峭,绝壁削立,一排排的倒有点兵阵的意味,走进山里,像要走进别人布的兵阵里头。这也是雁荡给我的一种深奇之感,不像永嘉楠溪江那样,是豁然开朗的。

在谢公岭下吃过香鱼、蕨菜、炒盘菜(本地特色蔬菜,正式名芜菁),我们去了大龙湫。大龙湫景区入口有三四棵高大的二乔玉兰,开在竹林外溪边,远远地以山崖为背景,有特别的韵致——玉兰以山崖为背景是之前没有见过的。也喜欢玉兰开在人家的庭前,或是公寓楼一楼的玻璃窗前,映在明净的玻璃上;有这样的花映照在窗前,仿佛这户人家的日子应当是清静而愉快的。入景区的溪涧边,从龙湫庙前开始,摆了一路食摊,乌米饭装在稻秆编的迷你篓子里卖,新鲜有趣。清明饼也已经开卖了,蒸熟了摆在蒸笼里,摊主老奶奶叫卖道:"买个艾饼尝尝吧!"我问这饼是不是艾草做的,答曰是绵菜(鼠麴草)做的。毕竟都是温州地区,乡风和永嘉也相近,只是这边叫作艾饼,也有诗为证:"松花艾饼分及我,道是少妇归宁日。"此外还有牛皮糖、花生糖和茶叶等摊子,都令人觉得喜欢而意外。

大龙湫瀑布没有我想象的大,而是涓细、轻盈,水流轻得像一条龙在岩壁前随风飞舞,方向飘摇不定。而白纱似的瀑布垂在岩壁

还亮草

七星莲

大花无柱兰

用小篓子装着乌米饭售卖

珍稀植物雁荡润楠

边，映着岩下杉树林的墨绿色，也颇为好看。林下有紫珠枇杷叶。山边也有雁荡润楠，树极大，花很繁华地开在溪涧上方。溪边有茶园，茶园里到处长着夏天无精致的紫花。有茶农仍在景区的茶园里自顾采茶。此地虽为景区，却并不垄断，仍旧让农业生存下去。这点真是好，大龙湫还能维持过去的样子："旁有山寺，僧出未归，寺前一块地上种着番薯，人家在山下溪涧边。我是见了山下人家，山腰的樵夫与种作，即心里生出欢喜，它不像外国电影里的只觉是垦荒，它像石涛画里的充满野气，而温润如玉。"

二〇一七年四月

杭州琐记

川端康成在《温泉通信》中有篇谈日本美的文章，说一个意大利人对日本最深刻的印象是绿意盎然。川端先生说："日本的绿色，比起西方和南方各国那种青翠艳丽的色彩，显得深沉和湿润……别的国家恐怕也没有像日本那样种类繁多的花草树木吧。在这种风土、这种大自然中，也孕育着日本人的精神和生活、艺术和宗教。"这句话拿来形容杭州，也适用。杭州的确也是绿意盎然，且比起国内的其他城市，也显得更为郁然、湿润。在北京到杭州的高铁上，将抵杭州时，车窗外所呈现的风景，也明显有别于前面的旅程——绿色更为丰富，水域也渐多，恢弘的落日映在水里，跟着火车，从一片水跳到另一片水里，十分壮观。

这次回南，主要是回永嘉，路过杭州，想在杭州小住几日，随意走走看看。借住的朋友乐天的公寓里，也是一片绿意盎然，小区绿化非常好，栀子花、金丝桃都开了很多，还有一架凌霄也开了。她在房间插了多瓶栀子花，房间里充盈着舒服的香气。阳台上种着许多种花草，蔷薇、鸢尾等都已经过了花期，马缨丹正开着花，栀子在打骨朵。一个酒坛里植了一棵小小的紫薇，别有风姿。她的花盆也都简朴而洁净，花木的姿态也特别美，一切都体现着生活上的用心。

我因为抵达时在出租车上丢了一件行李，花了一日找行李（后来找回来了），将自己弄得疲惫不堪，又带着四岁的孩子，所以原本想要去游九溪的计划取消了。第二日上午也是悠闲地在房间里坐着，直到乐天来，我忽起意说要去法喜寺的斋堂吃午饭，然后我们就打车去了山里。车子进入山里，似开到绿色里去，又时常有意外的风景，譬如山边的一片莲池之类的，让人觉察到杭州浓绿里的古意和精巧。我很喜欢上天竺法喜寺里的气氛，斋堂宽阔，暗红色的桌凳散着光泽，各院的布置家常而清华，一些长廊外置一排紫红色绣球盆栽，所到路边无不花木蔚然。这些比起北京的那些荒凉高傲的寺院古建，既有历史感又有生活气，深广又平常，是开放的、真正属于普通市民的、令人放松而舒适的寺院。这种感觉很奇妙，让我想到图书馆之类的地方，幽渺的香烟气味可对比幽深的书香，我们闻这样的气味，领受这样的时辰，花草或书，都同样是免费，而又是珍贵的。这大约就是一个地方与其日常所散发的魅力了。

在斋堂用过饭后，我们从法喜寺后上山，转过山后下山至中印寺，乐天指给我看中印寺的菜园子，她说春天的时候篱边长着两枝鲜黄的油菜花，使这小小的寺院有世上人家之感。此时路边长满明黄色的过路黄，家乡五月亦多此花。路两旁是毛竹林，一片葱茏油润，新竹脚底还带着笋壳，斑驳而天然，像竹的鞋子。一些嫩竹子上还附着一层薄薄的白粉。

转到幽静的法云弄上，蝴蝶翩然于一年蓬的白花间，女儿安安戴着个戏剧性的大蝴蝶翅膀，去追那小蝴蝶去。在法云安缦的道路上走了一个来回，看看风景谈谈天，这样就费去了几个钟头。

而后又坐车到杨公堤，拐到上香古道的时候，天色近晚欲雨，看那江面上偶尔开过几点船只，苍渺的天边是几道远山，就想起郁达夫写的杭州来。我同乐天说起郁达夫的小说《十三夜》。小说主人公陈君住在葛岭上的抱朴庐，一日在葛岭的亭子里发现下方有个穿白衣的女子，极美丽，女子后逃跑，陈君追逐她而去，追至一道黄泥矮墙的门口，女子进门后，门就紧闭了。陈君入内不得，见门上方题着"云龛"二字。之后陈君不幸逝世，朋友筹款为他在西湖营葬，其中一个朋友，小说中第一人称的"我"，无意间走到葛岭山脚的一处小坟亭，发现了一所从没人注意到的古墓，古墓的墓志铭云："明天启间，女士杨云友，以诗书画三绝，名噪于西泠。性端谨，不轻见人……逝后葬于葛岭下智果寺之旁，覆亭其上，榜曰：'云龛'，明亡，久付荒烟蔓草中。"这篇小说极有聊斋意味，读完后我曾查杨云友其人，知其与董其昌有过姻缘。郁达夫也在《里西湖的一角落》

里写过,葛岭山脚确有杨云友墓,这墓志铭就从那坟上抄来。只不过现在可能早就拆掉了。为了这篇小说,我也曾从宝石山横过山背走到抱朴道院,从葛岭下去,把郁达夫说过的路线都走了一遍。

第二日的游程,是游完曲院风荷,走到孤山,在楼外楼吃午饭(西湖醋鱼极难吃)。本想游西泠印社,但闭园了,而后从杭州饭店码头坐船上三潭印月去。《十三夜》里也写了去三潭印月的情形,我"慢慢地从里湖出来,一会竟走到西泠桥下,在苏小小坟亭里立了一回,……我的背后却忽然来了一只铜栏小艇,那个划船的五十来岁的船家,也实在是风雅不过……他说:'先生,今天是最好的西湖七月天,为什么不上三潭印月去吃点莲蓬雪藕?'"。看了这船家的话,就不能不对三潭印月产生一点向往,而现今的三潭印月,游人实在是拥挤,天气又渐渐闷热,更没有能吃莲蓬雪藕这样雅致的所在,我们也只是匆匆一游,便往花港观鱼码头去,再走至浴鹄湾。

杭州种有很多广玉兰,这时节,广玉兰始放,浓绿的树间一朵朵大白花映照在水里,是很好看的,它的香味也清淡好闻。丰田四郎的电影《恍惚的人》里,森繁久弥演的痴呆症老人立在雨中看广玉兰一幕非常动人,凄凉又温馨(片中有温柔的儿媳高峰秀子来寻他)。雨中朵朵洁白的广玉兰明亮梦幻,在美丽的事物面前,老人的眼神也返老还童了，露出了纯真的目光，好像那一刻，人在自然面前回到了本初。

郁达夫写杭州，常常是"在西泠印社喝了一歇茶，上西园（旗下）去吃晚饭。去杏花村喝酒"之类的。写西湖写得好的，自然还有丰子恺，如《山中避雨》《湖畔夜饮》。还有他的名篇《吃酒》，写一个酒徒在西湖边钓虾，钓完虾后上酒楼里，也不叫菜，将虾拿到酒保烫酒的开水里去一浸，虾熟了，只要一碟酱油，就用虾下酒。写酒徒却写出了一种侠气。

二〇一六年六月

端 午

一

每年端午前后,我都很想回永嘉看绣球、栀子花、白兰花;还有吃杨梅和我妈包的粽子;去山里寻山莓、摘枇杷。端午前回南方的火车上,看的电影是石井克人的《山的你,德市之恋》,电影不算很好,但有点日本文学气息,叫人爱看。电影里,山道边竹林下都种满了绣球花。片子我已经看了很多次,每次有离别的场景,人物总是挥着手跑在种有滚圆绣球花的山道。

端午那天一早,带着安安去镇上某处看绣球。那里有十余丛绣球,初夏时很悦目,以前每年必看。来北方后,一到端午就会想念这些绣球,并不为它们比别的绣球花更好或更美,实在算是我荒芜的过去里晶莹的回忆。也会想起娘家楼下那两棵高高的白兰花树,夏天里闻到白兰花沁鼻的香味,似乎能减几分溽暑之苦,那种幽香像是带着过去的气息,有青春期的雨意和晴朗、忧虑与甜蜜。有这种感觉,大约是中学时代的校园种了太多白兰花。

今年的绣球有几丛也开得特别好,大多是淡紫色略带淡蓝,也有

林下的蓝绣球

这棵栀子花开得特别好

淡蓝色的，开在树下，看上去清凉静谧。大多数花圆滚滚的，比小孩子脑袋还略大一些，极为可爱。因为太过喜爱这些花，我在花边流连不去，一看再看，不知道如何更亲近，只好将它变为永恒的记忆。

　　我清晨来看，傍晚又来看。一个下雨天，我踩着雨水来看雨中的绣球，绣球的花与叶上雨珠滚滚，湿漉漉的，记得《龙猫》里也有雨中的绣球。《龙猫》里还有一处绣球，一般很难注意到，就是父女三人去七国山医院看住院的妈妈，妈妈病床上方的日历翻到六月，此月日历上画的正是一丛绣球。而他们去七国山医院的一路上，黄花菖蒲开得正好，有村民在水田里插秧，想来《龙猫》里的时节也正是端午前后吧。日本很多电影都会拍绣球花（紫阳花），它的出现，如凉风拂面，有满满的初夏气息。之后我在镇上康乐山庄外的竹林下发现一丛蓝绣球，极为漂亮。记得去年八月回南方来，绣球花已经开败了，一些变成了绿团，一些已经枯黄，然而我惊喜地发现了几朵零星的浅紫色花，当时我剪了一枝渐枯的紫色花回来插瓶，还插了好多天。然而绣球终究还是端午的好啊。

二

　　与绣球花隔了一小片菜园，有一棵高高的栀子花。第一次看到这么高的一棵栀子,简直就是树了,比起绿化带剪得整整齐齐的栀子丛,自然觉得珍贵许多。这棵栀子开着很多花,香气远远送到二十米之外。隔两日的下雨天再来看它时,花就少了许多,而且变黄了。

和绣球一样,栀子花也是雨中更为好看。我想起二〇一〇年六月回永嘉,在北峱山里随便走走,看到山脚下一户旧屋院子里有一丛开得极为丰繁的栀子花。那天下着很大的雨,栀子花的香气却依然馥郁。旧屋和栀子花,都有古雅朴素的气息,令人难忘。但其后我再也没见过那丛栀子花了。去年冬天经过北峱的那所房子,发现旧屋已经拆掉,正在盖新房子,院中堆满水泥钢筋材料,栀子花早已不见了。这大概就是植物的命运吧。

在北京过端午想看栀子花时,我会去买盆栽栀子来养。而在北方见过的盆栽栀子,印象最深的是在一家豆腐店。在那家豆腐店的窗口,用蓝底白碎花的瓷盆养着栀子,开了四五朵花,盆和花极相宜,又因在豆腐店,觉得有沉静幽深的古中国味。另一次路过这家豆腐店,看到很温柔的一幕:做豆腐的师傅端着盛豆浆的斗,正细心地给两盆小乔木盆栽浇水,很爱护的样子,盆是纯白色瓷盆,而不是廉价的砖红色塑料盆。其时我正疲于装修新房,因装修而麻木了很久的感知美的触角,似乎在看到那一幕时醒来了。看到他人在日常生活

合欢花

里所体现的高贵感,便觉自己需要回到秩序中去,静静生活。

十几年前在楠溪江的农家乐,经常吃到一道美妙的农家菜,炒黄栀花,是采取山栀子花晒干炒成的,很好吃。如今楠溪江的山栀子被采中药的人挖得越来越少了,这道菜在楠溪江流域也不多见了吧。

端午时节,小镇的江边公园里,高大的合欢开着密密匝匝的、毛茸茸的花,红白相间,白的部分像是在发光,很梦幻,也很可爱。合欢花开得繁华的时候最好看,像缀了一树轻盈的美梦。觉得合欢好看,始于看高畑勋的《岁月的童话》,这电影里的合欢只有很短的一个镜头,一闪而过,尽管如此,我还是被惊艳到了。

三

街边有老太太用绿色的编篮卖红色略带黑的杨梅,我问了一句价钱多少,她就很和蔼地抓了一把送给安安,说,自家山上摘的,尝尝吧。菜市在端午日增设了卖薄饼的摊子,这薄饼其实就是北方的春饼,但味道比春饼好很多。我们买薄饼回来,将炒好的绿豆芽韭菜肉丝卷在里面吃,是端午的节日食物之一。这天增设的摊子还有卖"草头汤"材料的,"草头汤"是用来煮鸭蛋的,煮后可以把鸭蛋染得黄黄的,材料主要为黄荆、艾蒿等。旧时端午,永嘉人也有在端午用草头汤给小孩洗脸或洗脚的,可以驱蚊蝇。在双塔菜市,我看到只卖菖蒲的摊子,不像杭州那样,把菖蒲和艾草束在一起来卖。近年来,永嘉地区也越来越少人家悬挂菖蒲艾草在门前了,也没有像杭州那样,端午前街上到处有人提着菖蒲艾草束从菜市回家,对待节日和风俗,有庄重虔诚的态度,古风犹存。想起清少纳言在《枕草子》里所说的盛景:"节日,莫有胜过五月五者。菖蒲和艾草纷纷散放香气,扑鼻愉悦……家家户户无不悬挂,景观最是不同寻常。"

关于悬挂菖蒲艾草,也许温州别的地区情况要好些吧。温州市在端午节划龙舟的风气还很盛行。温州地区称五月五为"重五节",所以我们吃鸭蛋时也总要撞一撞,温州话"撞"音同"重"。小时候总是把鸭蛋装在妈妈编的五彩线袋里,挂在脖子上带到学校去和同学撞。而这样的时节,也正是下谷子后出秧苗的时候,空气里有很重的水田气,雨水频繁,期末考试将临近,也是小孩子觉得又欢乐又忧愁的时候。像《徒然草》里的时令意境:"五月五,要在门上插菖蒲驱邪,稻田里开始插稻秧,水鸡的鸣叫笃笃如叩门之声,都让人为之心动。"

五月五的午饭,每户人家都准备得很丰盛,也可以称为"重五酒",要喝雄黄酒,吃五黄(黄鸭蛋等黄颜色食品)。我们家的主食是薄饼和粽子。粽子照例用宽大的箬竹叶子包,用棕榈树的叶子

（撕成细条后）捆扎。今年有三种粽子，红豆粽、蜜枣粽、咸鸭蛋粽子。我喜欢吃蜜枣粽、红枣粽、白粽子。温州的粽子都是泡过粽灰汤的，吃起来有稻秆的清香，而且容易消化。粽灰是用稻秆烧的灰，然后泡水，沉淀出清水来泡粽子，据说是种古法。特别喜欢粽子泡过粽灰的味道，是小时候的味道。

四

吃过重五午饭，和爸爸去北岙山里的亲戚家摘杨梅。今年端午的杨梅其实还不十分熟，比较酸。果农都想赶在梅雨季来临之前将杨梅摘完卖掉，以免杨梅被雨水打落。去杨梅山之前，让爸爸开车先去南岙，我记得南岙的溪边也有一大丛绣球，开得很低，压到溪水里去，令我过目难忘。然而这次去，绣球花很稀疏，有些已经干枯，溪水里有几只鸭子在游动。这样的绣球却别有一种人家之好，就像种在旧院子里的栀子花。在南岙的溪边人家，也有院头种栀子花、百合花，边上放着竹椅、菜篮子，是很好看的景致。

摘完杨梅，去北岙山里面看看。去了一个只有两个老人住的村子。想在村子里寻山莓。在村里只见到一个老婆婆，她正在院边洗东西。问她今年有没有枇杷，她说一个都没有。又问有没有山莓，

街边卖的杨梅

用新摘的箬竹叶包粽子

她说一个影子也没有。她说，现在正是"重五莓"出的时候，可是今年重五莓一个也没有，往年那墙边可是一片红哩。她指了指下边的茶园墙边。她感叹不知道为什么，今年会荒成这样。我想其实是因为去年冬天太冷。她说话慢吞吞的，又很温和，让人想起《阿弥陀堂讯息》里的梅奶奶。她说的重五莓大概就是茅莓吧，山莓的时节已经过去了。

我爸爸和老婆婆聊起了天，爸爸指着村里的另一所旧屋说："这屋子是我一起盖的。是冬天吧，好像是一九六九年，十二月三日，天快黑了，很冷呢，我还在干活，抬头间忽然看到前山山后火光冲天，一阵一阵烟往上冒。回家后晓得是我们村的茶厂烧了，碾米厂也设在茶厂里面，我们家有两担半的谷子，也就是五箩谷子啊，全烧掉了。我妈哭了很久。"听他说话间，又听到山里强脚树莺的叫声，对山的竹子分外绿，一阵山风吹过，很是清凉。只觉得南方的这一日，抵得上北京的一个月了。

回城时我走路去坐公车，路过一片大概是刚抽苗的秧田，有人在田边种黄豆，空气里飘过熟悉的水田气息，是泥土混着秧苗的亲切气味。

二〇一六年六月

乡下见闻

六月，我和父母一道去行禅山看外公外婆，买了猪肝和鱼。坐乡间巴士，车上很多老人，都是去行禅山里五岳新庙听"唱词"的。"唱词"是温州鼓词的俗称，为温州当地一个曲艺品种，用温州方言表演，地方色彩浓厚。在电影《楠溪江》中，有温州著名鼓词表演家阮世池的演出片段，阮先生让我想到南音《客途秋恨》演唱者白驹荣，都是很苍古的声音。寺庙里请人唱鼓词，像是人家做喜事，十分热闹，远近的乡邻都赶来听，但大多数是老人。一路上听他们评说鼓词，谈论古今人的风气。有人说："现在的人穿衣服也乱，穿拖鞋、穿短裤进寺庙，他们说是去烧香，心里是没有佛的。"有人答道："世道开放了，大概佛也开放了。"车内一阵哄笑。一路上，安安看到山间小溪流就不停地喊瀑布。山间特别凉快，梅雨季的沉闷还没有到来，知了的声音却已经起来了，间着鸟鸣，很悦耳。

外婆大概也去了新庙听唱词，家中无人。我们在院墙下徘徊了一会，就步行去庙里找她。道边野荞麦叶子青青，夹杂着开白花的鱼腥草，鸭跖草开了少量的蓝花，一片半边莲长得很好。墙壁上有一<u>丛丛</u>快开败的虎耳草。还有臭牡丹，行禅的这<u>丛</u>臭牡丹，从我小时候开到现在了。有片水田荒芜了，长了一片蓼科的某种植物，成片的花开在乡野里，别有韵致。准备插秧的水田都贮了满满的水，有人在耙田，空气里有湿润的水田气味。六月也正是乡里的好时候，视觉听觉嗅觉，皆得愉悦，但农人是很辛苦的。

外婆在庙里。庙里已经吃过午饭，听说开了二十多桌。厨房有剩余的豆腐蔬菜。因为父母和庙里管事的人都相熟，负责厨房烧饭的阿姨很客气，重新给我们烧了一盘白菜、豇豆，热了一盘鱼，然后就着豆腐乳吃饭，也很有味。从小时候起就觉得庙里的豆腐乳总是特别好吃。

唱词的老司很年轻，唱的是瑞安方言。下午场开始时，词人先唱乡里出资人姓名，非常长的一串名单，我不太听得懂，不耐烦地催父母和我一道下山，去下面的木桥村，就是我家的村子。这段山路步行需要半个小时，其中有一段是保存比较完好的永乐古道，山道边山莓丛不少，但是已经没有果子了。蓬蘽的果子更是没有。只有少量茅莓，但并不好吃。山莓和蓬蘽都是很可怀恋的果子。初中时的五月，因为中饭是带去学校吃，所以下午放学路上，总是带着空饭盒去摘很多山莓，吃饱肚子后，还盛满一饭盒的山莓带回家。

爸爸去后山种红薯。我去找枇杷树。我们家的枇杷树早就没有了。村民都说今年五月一个枇杷也没有，因为去年冬天枇杷花都被

半边莲

秧田

一片凤眼莲

冻坏了，直接烂在树上。整个县的情况都是如此。听一个邻居说，端午日她家屋后水井边出现一条蛇，中午十二点，她在屋里喷洒完雄黄正准备喷屋后，然后就看到了，很吓人。还有邻居阿妈说，她和伙伴一起去前面十八陇山顶摘山栀子花，也遇见一条大蛇，她说："那条蛇会追人喔，我们魂都快没了，几乎是滚下山的。还好逃回来了。"我就想，大概是十八陇山顶这么多年没人上去，那条蛇觉得自己的地盘被入侵了吧。所以，五月时节，我是绝对不敢去行山的。

说起十八陇山，想起小时候和爸爸一起去十八陇山顶砍柴的情形。是一年级的冬日吧，妈妈出去工作了，爸爸带我上山砍柴。天气很冷，爸爸烧了一堆火让我取暖，远处有送葬队伍的音乐声传来，我听了觉得怅然又荒凉，那种荒凉和惆怅是很久很久没有见到妈妈的感觉。小朋友其实是很容易惆怅的。

之后一天，我去楠溪江边随意转转。只是想看看农历五月时节，霞美和苍坡那一带的田野。这田野早前非常美，是一望无际的稻田，这情景可以在电影《楠溪江》里见到。电影《楠溪江》拍得出乎意料地好，大概是关于永嘉的最好的电影了，朴素、宁静、充满绿色，时代气息还原得很好，里面的霞美小学原址，应该就是现在的霞美小学吧。这时节霞美小学附近的水田里，秧苗都已经长好，田里也有农人在插秧了。有很多水田做了菜田，有人在收蔬菜，紫色的细茄子、青绿的黄瓜，都是满满的一筐，颜色特别诱人。八棱丝瓜、瓠子（蒲瓜）也都结起来了。有一片荒田长了一片凤眼莲，极美丽，小时候一定也见过凤眼莲，只是那时候叫不出名字。

  从霞美走到箬坑的山里，山里到处有人在摘杨梅。有人在路边收购掉落的烂杨梅，他们收购这些杨梅是用来晒杨梅干的。可见大多杨梅干是不能吃的。林间有一种动物在鸣叫，像猫，疑心是野猫，听了很久又仿佛不是猫，像鸟。就这样，并不为看到什么特别的风景，只是要在乡下的山边、田野里走一走，就觉得是很快乐的事。

二〇一六年六月

山中孟夏

二〇一七年农历四月底，久卧病榻的八十八岁的外公去世了。我从北京回家乡送他。此后，山里的那间旧屋，就只剩下外婆一个人住了。她执意要一个人住在那间老屋，大家都没有办法。外公葬礼后隔了两天，我便去看她，她精神很好，很安然地端坐在那里看我们包粽子。

老屋庭院刚被清理过，很整洁。站在院子里，可以看到后山竹林绿得清润好看，风吹过发出轻柔的沙沙声。大片大片的竹林中，疏落地开出一树一树很繁荣的油桐花。桐竹愔愔，令疲乏的眼睛和心暂时得以休息。外婆一直都是习惯这样的颜色和风的，难怪不想离开。她清苦的生活也许并不坏，至少天天见着这样清明的天地。

那天下午走下山时，看到山道下园子里有对夫妇在挖土豆，黑泥上躺着串串带着暗绿叶子的新土豆，有土地的气息。这对陌生的夫妇见我瞧土豆，便很和善地问我："想不想要拿一些回去？"我笑笑说："啊，谢谢，不用了。只是觉得这土豆很新鲜，应该很好吃。"在乡间，这样的情形是常见的，乡民对自家种的东西通常都很慷慨地赠予他人，我称此为"乡间的恩惠"。

竹林中一树树油桐花

野蔷薇

虎耳草

山中这时节长满一种白色小花的野蔷薇，连绵爬了好几棵树。还有中国绣球的白花，小丛小丛地点缀在重重绿色之中。道旁苍灰的岩石下偶尔还有虎耳草精致的白花没有开谢，特别有情味。草丛间高耸着三三两两大蓟紫色的花，儿时很讨厌大蓟的花，觉得花硬而扎人，也不好看。长大后渐渐觉出它的好，看《辉夜姬物语》里雨中门前的大蓟，竟觉得很美了。大概，很多事物是渐渐熟悉了，才见出美的吧。有时候须有"物的认识"，才生出爱好吧。

　　走至木桥，遇见熟悉的村里人阿秋，她说要去外木桥的一位阿婆家摘枇杷。我很诧异，时节近端午了，今年枇杷树上居然还有枇杷，往年是没有了的。阿婆见我们来，找出长竹竿和镰刀，把镰刀系在竹竿上，指着屋后高处的枇杷树说："上边太高了，这样系好，你们好去砍树枝。"然后很慷慨地让我们全摘完，说不摘反正也是喂鸟。那棵枇杷树的顶端留有很多成熟的黄金果子，一些果子为鸟雀所食，已经残缺，一些完好的果子缀于暗绿色的大叶间，颜色温馨而诱人。阿秋毕竟是做惯农活的，臂力很好，举着竹竿镰刀，砍了不少枇杷枝下来。她摘了枝上的枇杷吃："嗯，甜得咧。"然后扔给我一大枝。我坐享其成，啊，实在是久违的美味。摘枇杷，以及山里枇杷的滋味，都是久违了的。

　　背着藏有枇杷枝的布袋，我去外山大济寺附近看油桐花。山道边高大的油桐树这时节已经开得很壮观了，几棵树长在一起，花开得连绵如云，一阵风过，花朵细雨似的簌簌落下，道上缀满缤纷的油桐花。远山寂静，山野的绿色中点缀着一树一树洁白的油桐花。在一条山谷中，油桐花树从谷底缓缓长到山顶，于浓绿中开出一条淡淡的白花之路。

我在大济寺前高高的油桐树下休息，透过花枝，看到一位熟识的乡民在下边田里锄地。觉得这花枝下锄地的人，这一刻特别有生命的活力，没有寂寞、颓唐，只见充实，也似乎赋予油桐花特别的意味。这位村民素来勤勉，无论岁月如何更替，他只是依照季节在这里静静地劳作。这里面有某种稳定永恒的东西，大约古来未变。我问他为何不请村里养牛的人来耕田。他笑着回，养牛人最近摆架子，请不动。

隔天爸爸带我去的陈家坑村，也是满山满谷的油桐花。村子非常深静，很多人家屋侧种着枇杷，黄色的枇杷挂在以油桐花为背景的山间，这也是很少见的。还去了仙客村，小时候只去过一次，印象中有瀑布、竹林，有好看的岩石。而村名"仙客"，总让我觉得是仙人隐居的地方，或者，那山中是有仙鹤的。后来读佐藤春夫《我父亲与父亲的鹤的故事》中的这段："我不喜欢这样大的住家。大的房屋很烦厌。我只喜欢小小的好的住家。在那龙鼓的瀑布下，

枇杷的颜色温馨而诱人

同一画面中的枇杷和油桐花之路

花下锄地的人

那边去掘笋的竹林里，我要建造那样的住家。你们快点大起来，成了伟大的人，父亲便要隐居了，带了那只鹤。用了瀑布的水冲起茶来，整天我想随意的游嬉。"我总想起仙客村来，觉得仙客是可以隐居的地方。

以上情景，是今年初夏我在山中所历，当这些还未在脑中淡去时，妈妈却打来电话说，外婆去世了。离外公去世，才隔了三个月。外婆今年春天刚动过心脏手术，医生嘱咐她一定要按时按量吃药。但她偷偷地减药了，因为药太贵，舍不得吃。觉得很悲哀，如果她不是一个人住，也许结果不会是这样。又觉得时间是这样无常，短短三个月，就发生了这样的变故。昨天在电脑中看三年前在外婆家拍的照片：一只蓝花的碗，一碗她做的素面，蓝夹缬的布，屋后的流水门前的花，还有她种在墙头的菜，而今这些终将在时间的裹挟下渐渐消失或荒芜，老屋的庭院也会长满荒草吧。

再也不会有了，在初夏的山间，去看外公外婆的时日。

二〇一七年夏

白水漈

七月，最适宜看瀑布。大暑后的一个早晨，随手招了辆此地常见的三轮车开往山中，十来分钟便到了山脚下。山叫麻山，不到山腰三分之一的绝壁间有一袭白纱似的瀑布轻泻而下，这就是朱自清笔下著名的白水漈。麻山在永嘉瓯北之北，与温州城隔江相望，白水漈大概是离温州城最近的瀑布了。

温州方言称山间峡谷中的溪流为"溪坑"。白水漈溪坑两边山坡绿荫覆盖，苍翠葱郁，其中有经年的香樟和松树，使溪谷显得静谧深邃。蝉声与鸟鸣相杂山间，山泉新鲜清澈，脚踩着溪中洁净的鹅卵石，胸中又吸入山间凉爽的山风，觉得健康有益。因夏季多雨，瀑布水流较大，沿着石壁哗哗而下，毕竟不是壮观的大瀑布，水声并不轰然，但也绝不是朱先生笔下的那尺瀑布，他说这瀑布"但是太薄了，又太细了。有时闪着些须的白光；等你定睛看去，却又没有——只剩下一片飞烟而已……"现今的白水漈并非如此，而是白色轻纱似的披挂而下，极温柔的样子，水帘撞击石壁时洒出细细的飞沫，薄雾氤氲，接近瀑布的树杪也像笼着烟。挨近瀑布下的碧潭，只觉水汽迷茫，凉气袭人。

每个瀑布都有其独特处，而同一个瀑布在不同季节亦有不同的姿态。我每次来看白水漈，都觉得它是温柔纯朴的，它底下的潭水不足一人深，游泳的人绝不会有危险；它虽有名，但除了当地人爬山锻炼时的拜访，也少有游客的身影，是很幽静的。在溪谷左侧的山道上看瀑布，又是另一种样子，因为看到了整条瀑布，又离得不远，竟觉得有些壮观了。正是阳光朗照的天气，太阳照在瀑布上的某一截，竟出现了一道小的彩虹，流光溢彩。

山道边立了一块石碑，碑文是朱自清的《白水漈》。不太喜欢朱先生的这篇文章，文中所写的白水漈与现今的白水漈相差较大，也许只道出瀑布的部分面貌。《白水漈》作于一九二四年三月，朱先生受邀在温州省立第十中学任教的时间大约是一九二三年九月至一九二四年三月（也有记载为一九二三年三月至次年九月），根据时间来判定，朱先生应该是在枯水季游的白水漈，正是瀑布水流量小、枯瘦的时候。此外，这篇文章同《荷塘月色》等篇一样，是抒情之作，并不能代表朱先生散文的最高水准，有评论家说这类散文"读了实在令人肉麻"。然而散文写得极好的郁达夫说过："朱自清的散文，能够贮满一种诗意。"朱先生的温州踪迹系列散文里，在《月朦胧，鸟朦胧，帘卷海棠红》中，他形容海棠"是这样的妩媚而嫣润"，"嫣润"二字真好。这篇文章为唱酬马孟容的花鸟画而作。温州马氏兄弟马孟容、马公愚是朱自清在温十中的同事，马孟容作月夜花鸟画相赠，朱先生作此文回赠。

朱先生游永嘉白水漈大约也有马氏兄弟相伴。游仙岩梅雨潭则是马公愚同去，名篇《绿》与《荷塘月色》之类的风格相似，反而比较喜欢他在游梅雨潭时对马公愚说的一段话，也许这样才是先生的真性情："这潭水太好了，我这几年看过不少好山水，哪儿也没有这潭水绿得这么静，这么有活力。平时见了深潭，总不免有点心悸，偏这个潭越看越可爱，即使掉进去也是痛快的事。"

很喜欢朱先生的《白马湖》《看花》《潭柘寺戒坛寺》等篇。张中行说朱先生的特点是：朱先生名自清，一生自我检束，确是能够始终维持一个"清"字。冯至说朱自清："一个没有偏见的过于宽容的人容易给人以乡愿的印象，但我从朱先生的身上看不出一点乡愿的气味。"无论白水漈，还是梅雨潭，都是朱自清心之所寄的南方乡土，他离开温州后，也很怀恋这里的"雁山云影，瓯海潮淙"。白水漈也因朱先生的踪迹而声名远播。

我看瀑布总很想探究瀑布之上是何等风景。从瀑布北边的山道走到瀑布上方的岩边去，原来亦是清泉石上流的景致，从山间缓缓流出一条小溪，自瀑布上方较为平整的岩石上平流下去，直至绝壁。小溪边山地被附近村民开辟为菜地，种茄子辣椒，搭架子种丝瓜、

白水漈瀑布

罗汉寺的凤仙花

蒲瓜、豇豆。

　　菜地左边的山坡上起了几间黄墙的房屋，即是罗汉寺。这寺庙比较冷清，却很有家常味，这次来，只见寺庙院子里晒满被子，大约做佛事时也有留客住的。院子花坛里长着极大丛的白色晚饭花，时近中午，花朵正闭合。院西也是菜地，去秋来时长了一片繁密的淡粉色凤仙，很丰媚，因长在院子里，让我联想到从前住在庵堂里带发修行的美人，多情的王志贞或陈妙常，是这样的清高寂寞，使人难以忘记。

　　下山时看见一列动车从瀑布下方的山间飞驰而过，我想动车若不是这样快的速度，站在车窗边或许能看到瀑布呢。想起某位作家好像写过一列从瀑布穿行而过的火车，这真是浪漫爽快的事啊。

二〇一五年七月二十五日

行禅山中

楠溪江下游北岸的行禅山海拔约五百米,山虽不高,但山上的行禅村藏在层峦叠嶂中,算得是山外人的向往之地。八月,去行禅山中外婆家避暑热,山中夏日昼长人静的光景在我已很遥远了,之前每次从北京到行禅山里看外婆都是在春节期间,碰上的多是雪融菜园或枯枝老鸦这类情景,这次终于选了夏天来,正好可以再次感受到久违的山间的悠悠绿韵。

黄昏时抵外婆家的院墙下,远远就看见墙头的那一丛白色晚饭花,长得极茂盛,雅洁富有野趣。当地称其为夜饭花,是吃夜饭时开的花,但永嘉方言吃晚饭也并非是吃夜饭,而是"吃黄昏",中午饭为"吃日昼",早饭是"吃天光",这语言古来已久,浪漫有趣,仿佛吃的不是食物,而是吃时间、烈日、落日、星星与雨露似的。但晚饭花的土名并没因此叫黄昏花,只道是夜饭花,小时不识字,土话听上去以为是野饭花。印象中家乡山中的晚饭花多是白色,荒屋旧址之上、墙壁间一丛丛、一团团,枝叶披纷,灿烂奢侈。外婆的这墙头之上,除了这丛晚饭花,边上还有金针花,这几丛金针花也开了三十多年了。从前外婆摘下花来洗净晒干,炖猪蹄

行禅山里

白色晚饭花

重瓣木槿

吃，再加入花生、黑豆、生地之类的吸油，滋补又味美，是一味难忘的山家菜。

墙头自然少不了葱，青葱蓊郁，煮粉干、煮素面或炖汤，随用随采。农家有了这堵院墙，像拥有一个小型菜市场。爬在墙垣的还有丝瓜、蒲瓜、金铃子。金铃子是小时比较爱吃的农家水果，俗称癞葡萄，它的外形有些像苦瓜，但没有苦瓜那么长，像一只偏圆的小苦瓜，和苦瓜同为葫芦科植物，成熟时外壳为橙色，色彩鲜艳，适宜入画，日本画中也有画金铃子的，叫作锦荔枝或蔓荔枝。金铃子须成熟才可食用，剥开橙色的苦瓜皮似的壳，里面是鲜红的籽粒，像吃石榴那样，吃的就是这些籽儿，味道清甜。

院子地面的石缝间长着三三两两的车前草。这种植物此处遍地都是，幸田露伴称之为"大叶子"，说它既不妍丽也不闲雅，既不高贵也不温婉，既不魅气，也不露锋芒，只是平平凡凡，任随人类、牛马、鸟蛇践踏摧残，呈现出一副无怨无悔、随遇而安的生活状态。宫崎骏的《龙猫》和《起风了》中，也都画有它的身姿。我也爱车前草的平常亲切，城市里稍有野趣和泥土的小片地方，也一定少不了它的身影，寻觅它来泡茶喝也是很容易的事。山里人近年多了项收入，就是在山中采中草药去卖，其中包括车前草。山中大娘农事家务之余路过山径，兜着围裙采车前草的情形，让人想起

《诗经》中的采车前草:"采采芣苢,薄言袺之。采采芣苢,薄言襭之。"

山中夜晚凉爽宁静,是阴天,没有月亮和星星。八点一过,听到后山竹林中的猫头鹰已经叫起来了。小孩时听到猫头鹰叫声总很害怕,此刻却是欣喜。小时候睡在山里老屋的楼上常听猫头鹰叫,害怕得用被子蒙住头,村里人说,猫头鹰叫了,村里有人将要死了,说猫头鹰是阎罗派来的。现在看来这个说法倒和梭罗写的猫头鹰相通,梭罗说猫头鹰的叫声是大自然中最忧郁的声音,好像它要用这种声音来重复人类临终的呻吟……那呻吟声是人类弥留之际的可怜的残息。他还说这种声音最适宜于阳光照耀不到的沼泽与阴沉沉的森林,使人想起一个广大而未开发的大自然。他为有猫头鹰而感到高兴。久居京城,家乡的自然之音都是可怀念的,此时的猫头鹰叫声听来也觉得健康而静谧。金句大师梭罗还说过:"在任何情况下,自然之音都有足够的力量去振奋一个人的精神。云杉、铁杉和松树不会使人堕入绝望。"

在山中也起得早,清晨做了一次长长的散步。院墙下的村路边缘种了一排木槿,有单瓣淡紫色的,有重瓣紫色的。每次读到"山中习静观朝槿,松下清斋折露葵",总是会想起外婆家的这排木槿,因为路在山坡上,种这一排木槿篱能很好地挡住小孩跌落。路边的菜园子种着刀豆、红薯、带豆之类。从山坡走下去就是行禅村的主路,旧时是永乐古道的一段。主路下是一条环村小溪,溪水经山谷奔流到东边的行禅水库。

沿主路向东走。这条路我走了很多次,但走多少次都不会厌烦。尽管路面修宽浇了水泥,但路两边的草木还是很茂盛,石墙上长着野荞麦、鸭跖草,鸭跖草幽蓝色的花瓣上还沾着露珠,晶莹剔透。路旁爬着三裂叶薯,开着紫色的花,络石爬在石墩上,只开了一朵洁白的花,醴肠的白色小花开在墙角,还有铁绣红色的革命菜,从前不能叫出它的名字,但这些都像是亲切的旧友人。塔可夫斯基在《时光中的时光》里说:"一个人必须独处,贴近自然,贴近动物和植物,与之相触相通。"

走过村子的叶氏祠堂和一座寺庙。这两座标志性建筑算是行禅村界,越过它们就是野外了。这寺庙让我想起行禅村里远近闻名的民俗活动"走马灯"。"走马灯"活动一般从每年正月初三开始,由十七个十四岁左右的男孩扮成三国人物或白蛇传人物,刘备孙尚香诸葛亮,白蛇青蛇许仙法海,还有马夫之类的。孩子们作京剧中的脸谱打扮,身着定制的戏服,其中十人骑纸马,所谓纸马,是以竹子为架做成马形,糊上白纸,然后在孩子们腰部前后分别绑上马身前部分和后部分,马肚内点着蜡烛,孩子们走动时就像骑着马;表演时，和着乐队唱着马灯歌，挨家挨户表演，这就是走马灯。马灯队所到的人家也必须设八仙桌，摆猪头糕点水果之类的供品，备酒设盏，整个院落灯火通明。院子围满远近而来的看客，部分人被挤到院边的菜园里去，主人家主妇于是发话了："你们不要踩坏我的菜啊。"表演毕，这户人家会招待表演的孩子们吃零食。记得有一年外婆自己炸了灯盏糕分给他们吃。

马灯歌曲名《高机织绸》，调子有点像温州地方戏瓯剧。《高机与吴三春》是温州瓯剧名作，在温州家喻户晓，故事讲的是明嘉靖年间，平阳宜山的织绸工人高机和富商独女吴三春相爱私奔的故事。

楠溪江下游江北一带民俗活动比较丰富，走马灯之外，正月里举行的还有划龙船、划滚龙、唱娘娘词、唱莲花、迎佛等等，与之相应的就是丰富的民间音乐，这类民俗音乐之外还有劳动号子、田歌、船歌、撞歌等，撞歌大约就是青年男女之间的对歌。

叶氏祠堂下面有几亩稻田，稻田下方即是行禅水库，水经过坝口奔腾下山，水流撞击岩石，奏出好听的音乐。清晨山雾弥漫，白茫茫中望不到山溪，只闻水响。再往东，路旁左上方是一片杉林，杉林之上便是草木葳蕤的山野，右下方一带梯田，有的梯田种水稻，有的种茶。茶叶乃此地主要产物，农人一年之中的大部分收入。雾中茶园柔和清新，有茶园间植着橘树，鸟雀停在树上欢叫，显得山

民俗活动"走马灯"

去年家里在上殿做佛事的斋饭,用高脚碗盛蔬菜

蓝夹缬的老被面做了窗帘

坡更幽静了，空气也很新鲜。东边的雾渐渐散开，这座山转角处的又一处山庙在望了。

去山庙的山径分离主道上山，这条山径也走了很多次，山径外的山坡上长着野山茶，春节前后开着优雅纯洁的白山茶花；秋天时有漫山坡的胡枝子；冬天，树枝上爬着菝葜，结着一串串诱人的红果。但果子并不能吃，大人们告诉小孩说："吃了拉不出屁屁哦！"因为颜色实在太好看，我偷偷尝过一颗，入嘴就很涩，吐掉了。山径边出现一小棵地桃花，非常可爱，初见时误以为是小木槿。草丛里有幽美的紫萼蝴蝶草，楚楚动人。

转过山角的山庙，视野开阔起来，这是三山的岔口，站在此山间，东可望见乌牛、乐清的层层远山，及平地处的田畈与房屋。与此山近乎垂直的山脉，山腰间有一条羊肠小道，右手边是深渊，左手边是峭壁，曲折的小道旁有几处瀑布，闻名于当地市镇。

小道通往另一处寺庙，当地人叫作"上殿"的山庙，此庙建在悬崖上，如今修得富丽堂皇。可惜现在连寺庙都城市化了，从前这庙的建筑很古朴，两层八十年代仿古建筑，楼上客房窗临深渊与瀑布，开门出去是涂着朱红色油漆的木制走廊，临戏台和院子。很怀念在这寺庙度过的时光，深夜看完社戏，我们打着手电筒摸着羊肠小道的石壁回家；白日里站在寺庙院子看到开阔的山川幽景，令人心里明朗豁达；家里在庙里做佛事时的斋饭味道，悠远难忘呀。记得《面包和汤和猫咪好天气》里说过，寺院就是这么一个地方，能令人放松，当人们感到疲累时来到这里，回家时能感觉轻松多了。行禅山也正是这样一个地方。

  此外，外婆家用蓝夹缬的老被面做的窗帘也特别好看。而至于"行禅"之名，据传和佛教中的名词"行禅"有关。佛教中之"行禅"有走路修行之意，坊间流传永嘉一高僧曾行至行禅山，说"此乃行禅之地"。也许因此得名。

二〇一四年八月

岩　头

张律导演的《庆州》，是一部清淡舒服的电影，片子是在韩国庆州拍的。庆州是古都，有很多典雅的古建筑，电影里朴海日行走的那一带，以及申敏儿那间古旧的茶室、周围的环境，让我想到楠溪江畔一些现代建筑与传统房舍混杂的古村落，如岩头镇的岩头村、苍坡村、芙蓉村，岩坦镇的屿北村、溪口村，小楠溪流域的埭头村、茗岙等地，这些村庄融合了古朴与现代、田园与都市的特质，没有完全落入旅游业的俗流，且保有乡村幽静的一面，能让人很轻松悠闲地漫步其中。

岩头村丽水街是建于明朝的古长廊，街面由鹅卵石铺就，长廊东面一溜旧式店铺，如今大多木门紧闭，有的改作住屋，有几间店则售卖一些当地的土特产。长廊西面是一带美人靠，美人靠外是长长的丽水湖。湖岸多植紫薇、木槿和艳丽的美人蕉，夏天花开时别具风致。和木芙蓉一样，楠溪江流域也多植紫薇，紫薇又名百日红，花开清艳温润，花期长，能从六月开到入秋，是极佳的园林点缀。丽水湖畔的百日红有紫薇和红薇两种，恽寿平有一幅《红薇折枝图》，题字曰："团枝殊自得，顾我若含情。"胡金铨电影《空山灵

岩头村民居,水边种了百日红

夏天时岩头至苍坡一带的田野

雨》中紫薇花的镜头颇多，都是老树虬枝，高而好看，片子说尽了"空"，然而那种禅境，又非时下极为泛滥的禅修或修行，是真正的"灵"，没有丝毫邪气、浊气。片子有灵且美，片中的紫薇花似乎也有了禅意。

夏天，丽水街的美人靠上常坐着消夏的旅人，所以街上常有摊子卖当地称之为"青草豆腐"的冷饮小吃。售卖的共有两种形状，一种是褐色略透明的果冻状，样子光洁柔嫩，有点像龟苓膏，口感细腻，似有清新的山野气息。据售卖者说，这是他上山采得豆腐柴在家里制作的。豆腐柴是腐婢的俗称，其叶和嫩枝含有大量果胶、蛋白质，很多地方都拿它制作凉粉，只是各地叫法不同。朋友乐天说，豆腐柴制作出来的凉粉应该是绿色的，但这种"青草豆腐"却是褐色的，应该是壳斗科栎属的果实做的。也许是售卖者提供的信息有误。售卖的另一种冷饮是白色透明果冻状，晶莹剔透，吃的时候，撒点白糖，再点上几滴薄荷，清凉美味。这是用薜荔的果子做的，其名木莲豆腐，但此地都称之为"青草豆腐"。这两种如今在城市很难吃到，但夏天楠溪江的丽水街、芙蓉书院、永嘉书院等地都有售卖。

转过丽水桥，楠溪江中游最大的公共园林便展现在眼前，流水、岛屿、亭台楼阁、黑瓦粉墙、汤山、文峰塔、古宅，丰富别致，绿树蔚然。整个村庄中很多街边都有水渠，让人想到"流水声中过一生也"之类的句子。

岩头村是楠溪江唯一一座以综合水利设施来布局的古村。某个天刚微亮的黎明，我来岩头村散步，村南汤山脚幽暗的树林里闪耀着殷红的红薇，林边有早起的妇女在山脚清渠边浣衣。清渠水流汩汩，渠边放着盛衣服的鹌兜。极其羡慕这样的乡居生活，活泼、蓬勃，按着自然规律生活。他们的生活和户外如此接近，一抬脚便是户外，除了睡觉，他们吃饭、劳作、休息，都可以在户外，开阔的屋檐也是户外的一部分。惠特曼说："所有生活复杂的方方面面，都必须与户外的光、空气、生长物、农场景象、动物、田野、树林、鸟、太阳的温暖和自由的天空保持固定的接触，以变得坚韧，有生机，否则它肯定会缩小和变得苍白。"

汤山脚边有书院"水亭祠"，所谓耕读之地。翻陈志华的《楠溪江中游古村落》，看到水亭祠的照片，极其破败荒芜，几近倒塌。新修的水亭祠颇为宽宏，院落内壁题着永嘉太守谢灵运《游名山志》中的句子："衣食人生之所资，山水性分之所适。"

永嘉人对谢灵运是有情谊在的，楠溪江大桥、楠溪江三桥等处的桥头皆有谢灵运高昂的塑像。《徒然草》里说："谢灵运虽然笔受了《法华经》，但其心思，常在人世之山水风云间，故慧远不与他

溪口村，还保有乡村幽静的一面

屿北村民居

鹤兜

八棱丝瓜

早晨洗衣的人们

结白莲之交。"叶嘉莹也说过相同的事件，她的表述是："谢灵运很想加入'白莲社'，而且他还为此捐献了这许多白莲，可是慧远大师不喜欢谢灵运，说他这个人心里太杂乱，不清净。陶渊明虽然什么也没有捐献，但慧远很喜欢陶渊明。"用顾随的话说，大谢太飘飘然了。

在这类村庄中闲逛，给我最大喜悦的倒不是像水亭祠这样的古建，而是那些平凡的住宅。只要你的视线避开某些脏乱的场景，一所最简陋的房屋前都有一个清幽院落。庭院墙头的香葱有浓稠的绿色，韭兰开着清秀的粉花，墙角瓠瓜或丝瓜爬蔓，各自开着花或结着瓜，叫人想起"穷人家的墙根开满了白色的夕颜花，到处燃起了驱赶蚊虫的烟火，很有味道"。

本地的丝瓜并不是普遍种植的那种丝瓜，而叫作八棱瓜，是典型的南方风物。在北方的夏天常思念此物，某年初秋一天，路过北京三环边，看见一个老人在街边卖自种的菜，居然有八棱丝瓜，遂买了几个。老人说这是从南方带来的种子，在北方栽培，没想到可以种活，但是个头都不大。

当然，他们的院落里也有猪栏，养着几头猪。养猪是极麻烦的事，在猪还是猪仔的时候，要将小猪仔进行绝育，此地称为"骟猪"，这也是一项古老的行当，专门给猪仔进行绝育的称为骟猪老司。骡猪老司进村时，无须吆喝，只需将他的那支骡猪箫吹出悠扬的骡猪调，自会有人家唤他。我觉得骡猪调还蛮好听的。

  乡居的农人谈论猪、鸡鸭狗，谈论庄稼收成、谈论瓜果，他们观察自然的时间比一般人都长。洪尚秀的《自由之丘》里，加濑亮说："我喜欢观察花朵还有树木，我能观察它们很长时间，在某一瞬间会觉得很安心，甚至能相信生活可以是无所畏惧的，当以后记起这种感觉时，可以给生活带来勇气。"然而，中国当代的艺术家们好像都很少观察自然。也许，好的作家或导演，应该认识植物，描述植物。

二〇一四年八月

木芙蓉与芙蓉村

八月去芙蓉村的时候，木芙蓉还没有开花。木芙蓉是秋花，最早也要等到九月才开。芙蓉村和岩头村一样，是楠溪江畔岩头镇的旅游古村，古老悠闲，拥有许多古建、老民居、石墙、石板路、水渠、池塘，以及茂盛的花草树木，民风淳朴，从从容容地在村子里走走看看，还是很有意思的。

汪曾祺在《初识楠溪江》中写过，楠溪村头常有一两棵木芙蓉。芙蓉村口道边就种了几棵木芙蓉。虽然还没有着花，但那梧桐叶似的浓郁绿叶也可以一看。这几棵木芙蓉长得也很高大，"芙蓉开遍小楼东，百尺高枝似井桐。"这是《温州竹枝词》里形容的木芙蓉。所以，汪曾祺说："我在上塘街（现永嘉县城）街边看到一棵木芙蓉，主干有大碗口粗，有二层楼高，满树繁花，浅白殷红，衬着巴掌大的绿叶，十分热闹。芙蓉是灌木，永嘉的芙蓉却长成了大树，真是岂有此理！"和汪先生同行的林斤澜，有一篇《江边芙蓉》，写芙蓉花和芙蓉村，也说可以坐在楼上隔着玻璃窗看芙蓉繁花似锦，但在别的地方是灌木。郑逸梅《花果小品》中语："温州芙蓉，高与梧桐等。八月杪即放花，九月特盛。最妙者醉芙蓉，晨起白色，晚间则变为

接骨草

春天时芙蓉村景致,水边开着紫荆

深红,产于瓯江一带,瓯江因此又名芙蓉江。"

有年秋天我在老家坐车路过南岙村,穿村而过的溪流旁,一处桥边有一棵高大的木芙蓉,开着繁盛的大花,很绚烂地悬在溪水上方。这溪流乃上游,离山近,不似下游被改造得过分整齐,溪边还有青岩,配上这一树繁花,野趣盎然,是苏东坡的"溪边野芙蓉,花水相媚好"。我很想下车看看这花和溪石,然而车子终究还是一闪而过。这样植在水边的木芙蓉,在眼前一闪而过,让人日后回想起来是很思恋的。文震亨说:"芙蓉宜植池岸,临水为佳;若他处植之,绝无丰致。"《看山阁闲笔》里也写道:"是花当栽于涧边溪畔,使其斜临水镜,而生动更觉可人。至山崖陆地,非所宜也。"虽有一定道理,但也非绝对。今年十月我在皖中旅行,有天清晨在白茫茫的带露水的田野上散步,走了很长的路,走到一个很僻静的小村庄,很诧异地发现,有一家院子里有一丛木芙蓉,很寥落地开了三两朵花,在这样一个僻壤里有这样可爱的花,觉得这芙蓉花真是光辉灿烂,极有风致,比起水湄的芙蓉来毫不逊色。

芙蓉村的东门,称作芙蓉溪门,修建于元朝,是村子的正门,为歇山顶式两层阁楼,古朴精丽。入溪门后,右侧为陈氏大宗祠。宗祠为两进式五开间建筑,是黑漆漆的木质结构,阴暗幽深,中间有天井和戏台。戏台正上方悬挂上书"可以观"的匾额,使戏台看上去很适宜上演昆曲。电影《楠溪江》中，男主角在戏台上唱的昆曲《荆钗记·见娘》，取景处应该就是这个戏台。宗祠走廊的陈列柜内展示各种旧时农家生活用具，如盂盘，是木制的盘子，旧时祭祀时摆放祭品用的。又有寿桃模具、礼品盒、水桶、各类灯盏等。木制的礼品盒很是精美，朱色的油漆为底，上画各类花鸟蔬果。朱色木水桶上面有题字，是制作日期，譬如甲子菊月。这些都能体现农民生活里雅致的一面，也是能让人回到一种"甜蜜的习俗"里的。

宗祠后是村子的主街道如意街，两侧有店铺、民居、客栈等，芙蓉池及池上的芙蓉亭就在这道边。喜欢芙蓉池旁芙蓉书院的景致，这是旧时村民农耕之余的读书处，现今大约是很适合闲居的清幽之所，庭院内草木繁茂。侧院比较破旧，荒败安静，庭前有一棵香泡树，一棵桂树，树下荒草离离，长满垂序商陆，一大片接骨草开着一簇簇洁净的白花。

芙蓉村中的小巷也很有趣味。在矮篱绿巷中走路，可以欣赏许多人家的庭院，大多数人家都种有桂花、板栗、枇杷、橘树等。有家院墙上的仙人掌繁多且巨大，开着黄色的花。有家破败的墙垣上花草森然，长着垂序商陆、龙葵、杠板归、鸡屎藤、鸡冠、紫苏等。有一家的粉墙特别高，有凌霄一本，藤蔓蜿蜒，垂挂着非常别致的花朵，这家墙外还有一小片方塘，水中植睡莲、菱角、茭白。池塘临村子西郊,西望一带高山便是芙蓉峰,因为山峰像芙蓉花,所以叫芙蓉峰,大概村子也由此命名。芙蓉峰下田园井然,水田里的绿秧刚插下不久,田边园子里常见芋艿、秋葵。近年温州很流行种秋葵吃,最常见的做法是葱油秋葵。秋葵开着好看的淡黄色花,有"染得道家衣"的高洁气质。

二〇一四年八月

林坑的山气

这是我第三次来林坑，在九月的傍晚。暑假刚刚过去，游人很少，几乎只有我和友人。山中极静，但比山外凉快不少，山的气息扑面而来。

村子在山谷中，进村主道下方就是溪涧，循着溪流入山进村时，看到溪水十分清凉澄澈。我们很快就住下了民宿，换上拖鞋去溪里蹚水。坐在溪中光滑的岩石上，把脚放在凉爽的泉水里，心情舒畅。三面都是静而厚重的山，使林坑遁隐得很深。忙碌的生活留在了山外，在山里，就是可以过一种相对纯洁清静的日子。这样的日子哪怕只有一天，也令人觉得幸福。

泉响淙淙，溪边的石壁缝隙中有栌兰盛放。栌兰即土人参，一个枝上同时有精致细小的粉色小花，以及三三两两的朱红小果实，小时喜欢的游戏是捏碎这些小果实，听着噼里啪啦的声音，觉得很快意。最近才注意到，栌兰的花像晚饭花那样，黄昏才开放，在空气清新的早晨观察时，花朵是紧紧闭合的，觉得很诧异，又很高兴，发现一个新秘密似的。无论在哪里见到栌兰，总是很开心的，这是老家院子外石墙上长得最多的野花之一。溪上有座木结构廊桥，建于十几年前，模仿之作，游人们喜欢坐在桥中的美人靠上，拍"到此一游"照。桥边有棵很大的栗树，正值别处板栗满树的时节，这棵树却没有结果，觉得它有点寂寞。大概它长在水边，土不够肥，只能作观赏之用了，满树郁郁青青的宽大叶子，的确可观。

桥的另一端在山边，这片山的低处遍植毛竹，一阵阵蝉鸣从幽暗的竹林中传来。看到这片竹林忽想起有个国产片叫《自娱自乐》拍于此地。

暮色渐渐笼罩山谷，天空不知何时起满乌云，大雨将至，我们从溪水中出来，加快步子跑向住处，才跑了几十米，雨点已打下来了。山雨来得很急。住处在山坡上，我们需过两座石拱桥——永安桥与永平桥。刚过永安桥，雨大了起来，我们很快乐地一路狂奔，掠过路边果实沉沉的香泡树时，差一点和香泡头碰头，这是很有趣的经验。

很悠闲地在屋檐下看雨的时候，雨已滂沱。暮色中村舍屋顶的炊烟和水汽混在一起，整个村子笼罩在烟雨迷蒙之中，薄薄的雾气渐渐绕上对面的山间。雨气扑面，觉得山林间的清气通过雨传递而来，成片成片地，直扑到檐下的美人靠上，再扑到你跟前。这大概也是山气之一种。这种山气也许和陈冠学在《大地的事》中提到的山气相同，他写在雨中行路看山，觉到一股强盛的山气逼至。文字很精彩:"雄大的山气直灌满了我全身!住在山上的人有福了,只偶尔一贴手,就充得这样盈满的元气,何况置身山中?我崇敬山,一向将山看作神圣境域,从不渎足。可是在我家,山气就从东面直透过来,覆盖过整个住屋、庭面、田园。大晴日山气最盛,细雨中次之。在满天风雨中全见不到山时,山气仍在,即使刮台风之日,山气仍兀自在那里,强风吹不动它分毫。夜里在书桌前看书,也隐隐觉着山气;寝眠中也轻轻笼罩着。"

天完全暗下来了,停电之夜。在黑暗中,也能隐约感觉到山气。雨还在下,坐在阁楼上听窗外的雨声,溪流就在窗下不远处,雨声哗然,和溪流的轰然声混合在一起,难以分辨,夜里醒一下,不知道雨是不是还在下。张爱玲有言:"雨声潺潺,像住在溪边。"这里的情况是把这个句子颠倒过来:住在溪边,溪水潺潺,像下了一整夜的雨。

对山中的清晨期待很久了。五点就爬上了住所后山的低处。后山在北边。天光还有点幽暗。天空已放晴,雨后群山间白雾蒸腾,山气极盛,清凉宜人,适合深呼吸。健康新鲜的清晨。后山低处开垦了几片菜园,有些园子已荒芜,草木芜杂。半山腰起全是毛竹,只有山顶种了些杉树。雾气氤氲在竹林之巅,美丽洁净。雾中的杉树,姿态也特别美。对面是毛公山,晨岚也很壮观。就这么看着山

林坑的溪上廊桥

炉兰

早晨的林坑村

中晨岚的变幻，每一片刻的光景都不一样，站着看了许久，心里十分珍惜，因为过一会儿，雾岚就会渐渐淡去，消失。山中清晨的山气，也要用力呼吸得多一些，可以滋养人一段时日。这样的乡村风景何其珍贵！况且又是林坑这样保存得较好的古村落，这就是梭罗所说的"最古老的村子从四周环绕的野生森林所得到的恩惠"，从野生森林得到的恩惠是林坑之美的一部分，这是自然本身所赐，包括群山、雾岚等；林坑之美的另一部分，像菜园、农田、溪流、古屋、一些花木等，是生活在这里的农人们创造的，是他们与自然相处的结果。

从后山下来，天已彻底亮了，山间雾气淡去一些。我们要爬对面的南山。经过几户人家的院子。有人家院角种着橘树，结着不大的橘子，橘色正青，颜色很好看。院垣爬着蓝色的牵牛花，幽静可爱。院墙外一排鸡冠花的人家，也有两户。有户人家的后院牵牛和鸡冠相杂，牵牛花色为淡蓝，这种颜色向来很少碰到，在花边流连了一会儿。

如室生犀星所言，庭院里的花能带出一点儿家庭的历史。比如这户后院草木芜杂的人家，经营着农家乐，瓦上有粗大的油烟排气管，整座古屋翻修一新，从敞开的窗户看进去，屋内摆满就餐的松木桌椅。餐馆经营得风声水起，院中草木就任它自生自灭了。院角种橘树的那一家,房子未经翻新,保持着古朴的原貌,看得出来这家没有经营民宿和餐馆,屋主夫妇起得也早,大概还要下田干活,六点多已在屋子廊下吃早饭,八十年代的茶盘里铺着一张"麦摊镬"(当地一种小食)。这里的木结构老屋都为两层,一楼廊下宽敞,类似日本的"缘侧",但比缘侧宽大,地面也不是木板铺就,从前是用泥土填的,现在浇了水泥,可放农具桌椅等。这样的建筑完全是为满足屋子主人的生活习性建造的,没有多余的装饰,这种建筑的古朴之美,是经年累月磨出来的。觉得山中的房子,大多有着"林深窗户绿"的意境。

南边山上正在造亭子,材料由骡子背上山。行在狭窄的山路上,时常要爬到路旁种农作物的园子里给骡队让路。这边山势较高,适合俯瞰整个山谷和村庄,才到半山,看山谷中的村子如世外之居,周围山间雾气尚在。一路上也看了不少闲草野花,石头台阶缝中长着粉红色的半边莲,娇艳动人。有一种不知名的小黄花,叶子像豆科的,花朵像过路黄,质朴明媚。浅紫色的很雅致的长叶蝴蝶草,也有不少,长得有点像通泉草。领骡人把两只狗系在半山路边的树上,听吠声可能是恶狗,拦断了我们的去路,只得半途折返。

我们改道走向溪涧奔流而出的东山里边,循着用石头新铺就的溪旁山道,往山的深处走。溪流在左手边,溪间多石,水流比村前

地莶的花

地莶的果

桥边初开芙蓉

的那一段要小很多，溪水潺潺，作声琤琤，泉水清透洁净。溪边有敬告说：此为村中饮水源，禁止下水。溪中一处放了一段劈成一半的竹管，把水引到前面田里去。从前没有塑料水管时，距此不远的我的老家，就是这样布竹管引水入户的，很多人家都砌了水泥的小池子，竹管的水流入小池，有点像日本庭院里洗手池的景致。或者直接引入大水缸。溪谷左上方有些水田，多已荒芜，再上去就是蒙密的山林了，也有很多竹子，成片的绿竹如绿雾。竹子在当地用途是很广的，农事至生活器具都会用到。

沿着溪右边的山道向山里越走越深，道旁一处开了很多野生凤仙花，单瓣，水红色的花，秀气清雅。道边草丛中匍匐的地苍结出了果子。我们摘了黑色的果子来吃，多吃的话，手和嘴都会被染黑。山道右上也有些水田，大多荒芜，大概此处以旅游业为主了。林坑的白日的确不如十年前安静了。有片田种了很多芋，枯水的田种了姜，田埂边开了一大片明黄的洋姜花。田边还有葱翠的箬竹。

过了一个路亭，越往里走山越静，渐入岑寂之境。前方山的高处有一片竹林，竹林之后已是另一座山，此山有峭壁，一路远观这座山烟雾升腾，心向往之。然而路边荒草渐渐茂盛。看到两处有天仙果，红色的果实挂在清溪之上，很是诱人。

沿原始的山路走了一段，路上荒草森森，我们担心有蛇，不再贸然前行。终归还是浅尝辄止罢了。出山途中遇见几个小孩子，他们拿着长长的网兜入山捕虫，又或是去溪中捞鱼虾，真是很有童趣的景象。

　　山入口的溪上新建了一座廊桥，桥边有棵高大的木芙蓉，树的最高向阳处开出了第一朵芙蓉花，在新出的阳光中澄朗耀目。叶绍袁忆顾太冲寓芙蓉云："只此一本，斜出山湄，日间始放，临风婀娜，无聊独立，如不胜愁，寂寞之状，对之恼然。"觉得和所见有点相像，所以抄出来。出得山来到村中，时间才八点多，清晨所历不过几个小时，却仿佛已经过了很长时间。觉得这里令人最喜欢的，是林坑的山气。

二〇一四年九月

寂静啊，龙湾潭

徐祖正的《山中杂记》写到在虞山古寺中遇见一个和尚，和尚说在这几年间已走遍名山，如峨眉五岳之类，每到一处可以任意居留，路上又是随缘食宿，身上可以不带路银。徐听了非常欣羡他，说你们出家人真是来去自由。和尚却回："我们这些是世上没用的人。"语气并非故意谦逊。读罢，我也希望自己是这样的无用之人，任意游山，来去自由。我首先所要做的大概是把家乡的名山都走一遍。

龙湾潭算得上是永嘉东部的名山。初秋清晨七点，游人只有我们一拨（我母亲、我、我两岁的女儿）和另外的一家四人。从公园入口到山脚栈道的一路都很静，道旁树上的鸟声更添寂静。这一路树下阴湿处长着许多野牡丹科的方枝野海棠，它们淡紫色的花朵同地菍极为相似，只是植株很不同，前者匍匐在地，后者植株较高，花朵开在高举着的枝叶上，更为纤巧清秀。方枝野海棠也叫过路惊，据说能治小孩的夜间惊哭。

转入山谷，觉得耳目一新。栈道左手边，是蜿蜒曲折的溪涧，溪涧颇宽，常见大片大片的石滩，溪中水流清澈见底，水中亦多鹅

方枝野海棠，也叫过路惊

卵石。这石滩与清溪,衬着溪上的树丛,是很清穆的。溪的对岸则是层峦叠翠,多怪石奇峰,有名孔雀开屏、道士岩、骆驼岩……山道右手边的山坡,古树遮天蔽日,树间常有苍葛翠藤垂挂而下,譬如尾叶挪藤、雀梅藤、香花崖豆藤等。这其中我只见过香花豆崖藤的花,是浓郁的深紫色花。而这一路上的树种也是名目繁多,有中华杜英、八角枫、野茉莉、笔罗子、大叶桂樱、灰叶安息香、毛叶山桐子等。是这些密匝匝的树、溪流及岩石,构成了这山谷的静与美。

林间不时有鸟声和蝉鸣。这栈道造在山脚,好走得很,逶迤通向山谷深处,这样的早晨使人想到惠特曼的句子:"呵,我的灵魂,我们在平静而清冷的早晨找到我们自己了。"这时只觉得自己的身体也变得特别轻盈了。然而我一回望,母亲和小朋友远远地落在了后面。我只得返回去找她们,遇见森林管理人员,说,山路还远得很,小孩子恐怕上不去的。于是安排她们返回公园门口,让她们坐在亭子里休息,吃一点那里售卖的楠溪麦饼,我自己则无暇早饭,想趁清晨山气较清之时,走一个来回。

没有牵挂地上山,步伐更为轻松了。重走山边栈道,才发现这里的蝉鸣实在是太过嘹亮,一阵阵地从林间传递过来,越过溪谷,回荡在对岸山上的岩石间。"寂静啊,蝉声渗入岩石。"松尾芭蕉的名句是龙湾潭此情境的最好写照。蝉声确实尖锐得似能渗入岩石，有时候又感觉凄厉如猿叫。这大概是一种秋蜩吧，在离世之前奋力地鸣叫。很久后我回想起龙湾潭，就是这嘹亮而又寂静的蜩声。

那古朴的石桥边长着一丛玉叶金花。桥下也多石头，透过桥洞，遥望一道短瀑布从山中泻下。这山景一望就是静，如果山有性情，那大概就是静。过了石桥，踏着石级上山，在幽暗的林下山阴道上穿行，瀑布声越来越近了，在这瀑布声的召唤下，禁不住加快脚步前行。拐过一道弯，见山泉自峡谷中涌出，穿过一条新建的山中石桥（此桥几年前好像还是铁索桥）奔流而下又形成一条瀑布。沿着山崖边的栈道往深谷中走，前方瀑布响声更为轰然，山中空气也更为清凉了。

山路迂回，右手路边鸭跖草开出的花却不是纯蓝的颜色，大概是山上较凉之故，花色已经变异成蓝白两色了，两片花瓣前端一部分是白色的，后端才是蓝色。路左碧潭边的岩壁上开着石蒜、麦冬、醉鱼草等花，尤其是野生石蒜，红色的花开在深山中格外好看。

转过弯，终于见到了高且长的龙湾潭瀑布。见到瀑布的一刹那，太阳也刚刚照射到这幽谷中，真是光芒万丈的一刹那啊！"令人驻足赞叹的往往是对人的生活并无任何用处的东西，如触不到的倒影，无法播种的巉岩，天空奇妙的色彩。"约翰·罗斯金此语再次印证

蓝白两色的鸭跖草

远远地看到岩壁间开着石蒜红花

龙湾潭瀑布群

"无用之物"的意义。

龙湾潭也叫大泄龙潭，潭水的碧绿，意味着潭水之深不可测，潭的面积也很大。龙湾潭以上的山路，开始变得陡峭了。饿着肚子上山显得有点吃力，到得龙湾潭上方七漈瀑边上的一个亭子，遇见一个守山的老人，他带了几瓶八宝粥卖，买一罐吃下，觉得这粥甘美无比。

爬到观瀑亭，望到七漈瀑的全貌，这是一个多层次的瀑布群，七潭七瀑相连，比较壮观——水流自山谷中呈阶梯状向下流，每到一级就形成一个浓绿的深潭，深潭再往下注水，形成一个瀑布，如此往复，形成七条大大小小长短不一的瀑布。

过观瀑亭，山路越加难走，向下望，崎岖陡峭的山路下是深谷碧潭，向上看，是人迹罕至的山间悬空栈道。山中只有我一人快乐而盲目地前行，一路上只有越来越凄厉的蝉鸣相伴。在景区门口遇见的那家人也杳无踪迹。这段山路想来是适合于登山者的吧。我在此段山路中体会到久违的登山的意义。日本地质学者志贺重昂的《日本风景论》一书，将登山的意义说得透彻："在整个自然界中，山是最富趣味、最高洁、最神圣的产物，山愈陡峭，攀登愈艰巨，危险性就愈大，然而从中所获得的乐趣也愈浓厚，为了使大家能享受到其中的滋味，我们实在应该鼓励大家登山。"此书在电影《剑岳：

点之记》中出现过。这是木村大作导演拍摄的关于登山的电影，描述几个登山队登顶剑岳的目的和意义。这几个登山队中，有以日本登山家小岛乌水为首的山岳会成员，有军方测量队，有无名行者。这其中，测量队的向导宇治长次郎在剑岳山下的村庄长大，他说："我是在农村长大的，和山一起生活，别的什么都没有，但是我喜欢这些山。"这句话让人肃然起敬，山里长大的人是能够明白这句话的。电影里还有很多关于山的精彩台词："虽然山下是樱花和菜花盛开的春天，这里是一片沉默的白色，能听到的只有我们的足音和掠过雪面的风声，严峻和美丽中，深切地体会到自己活着的真实感。"而电影中的那些无名行者的登山目的，则有禅学的高境界；山岳协会里的那些登山者，不过是功利主义的冒险家。

  过了龙湾潭的"石墙"和"石柱"两处地貌景观，就接近山顶孔雀岩了。至山顶的悬空栈道倒是平缓好走，栈道外因为有树木遮阴，看不到山下深谷，所以也感觉不到临渊的险峻。山顶有U形悬空玻璃观景台，这种玻璃观景台是追随大流的产物，没有什么意思。但站在山顶远眺，能看到这一路行来的山谷、山道、瀑布、山后的湖水，以及苍翠、纯净的远山。

二〇一四年九月

野荞麦与素面、粉干

能令我想起家乡的植物有桂花、野荞麦、栌兰、地苓、醉鱼草、鸡冠花、南天竹、山茶、枇杷等。这其中，野荞麦是吃得最多的一种植物，只要它的叶子还绿着，无论在欣欣向荣的五月还是在已凉未寒的农历八月，归乡后的重要事情之一就是采一把野荞麦嫩叶，或稍微带点梗的叶子，洗净切细搅在鸡蛋液里煎鸡蛋吃。摊鸡蛋时浇点老酒，做好后闻起来有植物香气融合着酒香，吃起来略带一点酸味。今年夏天回楠溪江老家山里住了两夜，顿顿都摘了野荞麦叶子来吃。这里山间兴吃野荞麦叶，几乎算是一种蔬菜了，很多人家的墙头或菜园一角，都会长一丛野荞麦。我也是从小吃到大。当地人称野荞麦为花麦肾，认为食其叶可补肾，其根也是一味中药，即"金锁银开"。这味药倒没用过。

也很喜欢野荞麦的花，一般在九月开始着花。今年凉得早，八月十八日游杭州天竺山，在山道下的溪边，有一片野荞麦已开出洁白的小花。写野荞麦花的文章很少读到，伊藤左千夫的《野菊之墓》里出现过的是荞麦花："路旁洒满月光，两人在一棵松树墩上坐下。眼前十四五米远的地方有一片树荫，显得有点昏暗。往前，田头那

野荞麦

边,在晶莹的月光下,荞麦花显得格外洁白。"野荞麦花和荞麦花一样,是细小洁白的。白居易有"独出前门望野田,月明荞麦花如雪"之句。开了花的野荞麦叶子就老了,不太好吃。有年十月回乡,还忍不住在一丛野荞麦的老叶里掐嫩尖。这次回乡吃的野荞麦叶摊鸡蛋,大多是搭配清汤煮楠溪素面吃,或盖在一碗煮粉干上面,这完全是楠溪江山家吃法,而且只是在楠溪下游的山里。在楠溪江上中游闲逛时,很奇怪,几乎看不到野荞麦。

  楠溪素面,当地译音为素面、纱面、索面,现在纱面的叫法比较多。《悦食中国》拍过瑞安的纱面制作过程,就称之为纱面。楠溪人还是习惯叫它素面,这是一种传统的手工面,长及一米多,细如丝线。素面在制作的时候,就在面粉里加了盐,所以煮面时无须加盐。冬天制作的素面为佳品,晴天多,空气冷,易于晾面。盐也放得少,口感软韧纯正。素面晾晒干后,收下盘成"8"字形一摞,叠放贮藏。夏天不是做素面的好季节,南方夏季雨水多,而素面上架手工拉成长线后需暴晒几天,遇雨的话,面条会塌软,拉不成线。所以夏天连晴的日子,他们也会抓紧时机制作素面,但为了便于贮藏,会在面粉里放比较多的盐。所以夏天出产的素面会偏咸。在林坑游玩时碰到有户人家在制作素面,用两根长筷拉伸面条,直至拉成纱线,远看一片晾晒的素面,倒真像一片轻纱。

煮素面是一定要放黄酒的，面沾了酒香，别有风味。素面和鸡蛋也很搭配，没有野荞麦叶时，就把姜剁碎了搅在蛋液里煎鸡蛋，也很好吃。这黄酒和姜蛋的搭配，也来自永嘉民俗，一户人家添了丁，产妇月子里要吃一个月的姜，也要吃姜酒煮素面，有亲戚来访，要下素面加鸡蛋待客，俗称"素面汤"。所以，想知道一户人家是否添了孙子了，可以问："有素面汤吃了吗？"亲戚拜访时也会带礼物来，称此为送"月里羹"，现在此习俗仍在沿用。一户人家添了小孩也会给左邻右舍发两摞素面，几个鸭蛋或鸡蛋。不过这"月里羹"之礼，现在基本是现金红包了。永嘉有些地方的婚嫁及祝寿也会用到素面。

"岩坦的素面，沙岗的粉干"一语在本地似乎有些出名。岩坦是大楠溪流域上游的一个镇，以制作素面为家庭副业，据说那里出产的素面最好，而粉干，我倒是吃不出沙岗粉干与别处粉干的区别。每次回乡倒总会去吃一碗鱼丸粉干，或吃一份早点摊上的炒粉干。

粉干也是温州特产。小时候住山里，几个邻近的村子只有一个村有人家做粉干。家里经常派我挑十来斤的米去兑粉干。八岁左右，我就是家里劳力之一了。割稻插秧大概要到十岁，也会替家里帮邻居家插秧，虽然技术不太好，基本就是干简单的"打格子"。干活时特别期待邻居家送来的田头饭。有个下雨天帮人家插秧，肚子很饿，

用野荞麦叶子摊鸡蛋,盖在素面上

晾晒的素面像轻纱

中饭送得很迟，篮子里捧出各式各样的餐具，有搪瓷大杯，塑料小桶等，因为下过雨，盖子上都是水，打开来雨水顺盖而下，里头装的是洋葱紫菜煮粉干。吃着泡了点雨水的粉干，竟觉得味道格外好，如今还偶尔做洋葱紫菜煮粉干吃，再也没有那种雨水气了。后来看侯孝贤的《在那河畔青草青》，对于片子的乡土气息有强烈的共鸣，片中割稻子的情形与老家割稻完全一样。还有打稻机的声音，及一群人围着篮子拿吃田头饭的情景，都令人怀念。

  我们村在割稻时节，村中人常互相帮忙割稻，所以在割稻前一日，一般由小孩跑到对方家里替父母传话：明天到我家割稻。割稻当日是在田里干一整天活的，中饭送到田头吃。后来读到"积雨空林烟火迟，蒸藜炊黍饷东菑"，想到割稻插秧的情景，觉得真是贴切。日本插画家竹中俊裕的插画也常有此情境，让人怀想童年种种。

二〇一四年十月

瓯　柑

青木正儿的《夜里香》写香橼时提到宋代韩彦直的《橘录》,查其人其书,才知此书又名《永嘉橘录》,是韩彦直任温州郡守时所作。书中记录了八种柑,其中一种海红柑,就是现在的温州特产瓯柑。书中说瓯柑颗极大,大约有点言过其实了——一般瓯柑也就和普通柑子差不多大小。

我们村里不少人家都有柑园,种瓯柑和蜜柑。四叔是篾匠,但他的柑种得很好,瓯柑个大,蜜柑甜。他的几片柑园在他家东侧向阳的山坡上,山坡和缓,站在园子里,能看到对面郁郁苍苍的十八垅大山。晚秋时,柑园很招小孩子喜爱,湛明的阳光下,空气中都是柑橘香甜的气味,悦目的青荫中果实沉沉,青里泛黄的瓯柑、金灿灿的蜜柑,闪耀夺目。这也是我们小孩子垂涎蜜柑之时。

蜜柑摘下就可以吃,不像瓯柑刚摘下时那般酸,优质的蜜柑是很甜的,所以是很受小孩子欢迎的。瓯柑则受冷落,主要因为瓯柑入口之初的那一丝苦味,小孩子一尝苦味,就迫不及待地将其吐出,根本没法子领会苦味之后的芳美。瓯柑皮厚水分多,剥得不得法,水分很容易被挤出来,手指弄得黏黏的,小孩子没这个耐心。到了一定年纪，有一天忽然吃到瓯柑，才发觉其味的清甜，果肉多汁，吃完一个忍不住再剥一个，此后便开始喜欢吃瓯柑。

瓯柑的清甜用温州话形容是："味很清"，但这味之甜与清，是从树上采下放置一段时间后才会有的。所以《橘录》里说其"藏之久而味愈甘"，正是瓯柑最大的特点了。这也是最不易腐烂的水果，最晚可以藏到次年端午前后，因此温州有"一个青柑三两火，重五瓯柑赛羚羊"的谚语，指瓯柑性凉能去火。而树上未采的瓯柑越冬后，次年春天还能黄澄澄地挂在枝头，摘下来吃，味道也很新鲜。

温州瓯柑栽培历史悠久，南宋永嘉四灵的叶适就有"有林皆橘树，无水不荷花"之句。清代梁章钜的《浪迹续谈》多记温州、杭州、苏州等地的名胜、风俗物产等。写温州的，有一卷"东瓯杂记"，有雁荡山游记、江心寺游记等内容，其中有一篇写瓯柑："永嘉之柑，俗谓之瓯柑。其贩至京师者，则谓之春橘，自唐、宋即著名。东坡《次韵曾仲锡元日见寄》云：'燕南异事真堪纪，三寸黄柑擘永嘉。'"梁章钜在后文中又说："有韩彦直谓吴、越、闽、广之橘，皆不敢与温柑齿，语殊过当。余尝谓吾乡珍果能兼色味者，惟荔枝与福橘，山东之平果，香味固佳，而色殊淡……瓯柑之香味可匹福橘，而色亦不如。"

瓯柑之味只取悦很少的人，小孩子不喜欢它，外地人恐怕也是难以接受的。曾经让一位安徽朋友尝瓯柑，他皱眉说难吃。我喜欢瓯柑，喜欢味道是其一，另一层原因，是很怀念村中充溢柑橘馨香的旧日子。小学时父亲也种过一片柑橘树，有棵橘树长了特别多的果子，等待它们由青变黄，是一个很难的过程，因为常常在它们变黄之前，已被附近的小孩子们偷光了。因为不是种来卖的，父亲并不为此费神。只有我，郑重其事地守着这片柑橘。我在果园里用竹子和稻草搭了小棚子，带着作业来，摆在自带的小板凳上，坐在草堆上写，结果没半天工夫，下起雨来，草棚塌了，书本也被淋湿了……

记得村外很远的一个叫作"下庵"的地方，有片大柑橘园，僻静的山坳里只住了两户人家。房子在近山谷的地方，这两户人家所管理的柑橘园却在房子上面的山头，足有几亩的样子。在它的鼎盛期，秋天一到，这片园子附近山坡都成了孩子们的流连之地，我们上蹿下跳，把热切的目光投向青荫中的沉沉果实。管理者搭了草屋来看守，于是我们小孩子连走近都有偷的嫌疑。

还有一家柑橘园，在西村口小寺庙边上。这片园子，种柑种橘也种菜，深绿的树影下一畦一畦翠绿的蔬菜。因这个橘园就在人们常常走路的山道下边，所以能看到柑橘树在四季中不同的样子。从这个园子里，见过柑橘开花，也见过柑橘深绿的叶子覆着白雪的姿态。韩彦直说:"平生恨不得见橘着花……得一亲见花而再食其实。以为幸。"

瓯柑开花,在谷雨前后,白色花瓣,淡黄花蕊,清香幽幽。柑橘类的花都很好闻,木心形容柑橘花的气味是:"空中弥漫着柑橘花的好意。"《万叶集》中写道:"你家屋前,橘花正盛开,布谷鸟鸣叫,我前来观赏。"《枕草子》中说:"四月末、五月初,橘树的叶子浓密青翠,花色分外显得净白。晨雨之中,乃有超绝尘世之美,令人赏心悦目。"

柑橘果实的暖黄色在寒冷冬天看着也特别温暖可喜。永嘉有风俗,小孩子上亲戚家玩,亲戚应给小孩一些瓯柑或橘子当伴手(礼物),代表大吉大利。祭祀的供桌上也总少不了一盘瓯柑。过年置办年货,一些人家总是整筐整筐地采买瓯柑,因为礼尚往来之间总要几个瓯柑。而关于柑橘的故事,印象最深的是芥川龙之介的《橘子》,那是由坐火车的小姑娘从车窗掷给弟弟们的离别的橘子,世间温暖的颜色,照亮阴郁之心。还有许秦豪的佳作《八月照相馆》,韩石圭为心仪的女生沈银河买了一个橘子,两人之间的距离也更近了。

二〇一四年十二月

枇 杷

日本俳人种田山头火有写枇杷花的俳句:"似有谁人来我家,阴天喜绽枇杷花。"初读此句时颇为惊艳,仿佛在冬天的枯寂中,看见那白色的枇杷花摇曳出春之生机。知道种田山头火其人,是因为降旗康男的电影《致亲爱的你》。此电影是著名演员高仓健的遗作。片中,高仓健在孤独的旅途中遇见北野武演的旅人,这陌生旅人吟诵了很多种田山头火的俳句,"行至日暮,方知此处水之甘甜","拔草行行复行行,此身犹在青山中"。我一下子就喜欢上了这些俳句,然后找种田山头火的俳句来读,"山在观山色,雨来听雨声""拔草走进深山中,且闻流水声""飒飒松风,撞罢晨钟又暮钟",都很喜欢。尤喜欢写枇杷花的这句,枯索的冬日阴天,抬头忽然看见枇杷花开,喜悦油然而生。其实枇杷花不算很好看,室生犀星说枇杷花简直不像花,宛如从古陶器上割挖下来的部分陶画。

山中旧家院子里从前有两株枇杷树。一棵种在庭院石头围墙外,褐色的树干从石墙缝隙中曲折横出,枝叶吊在半空。因为房子本就在山坡上,院墙下是一条石板小路,小路下是菜园,因此这枇杷树离地起码有七八米,每年果子熟透了都很少有人去摘。只有我,敢于冒险爬过独木桥似的树干,去摘那金果子。通常我先在树干上坐稳,然后抓着树干,一寸一寸移过去,最后到树枝茂密的地儿抓得粗壮些的树枝,坐稳固了,在密密的肥叶中摘着枇杷。

另外一棵枇杷树,在庭院一角的菜园边上,也腾空种着,这是一棵大枇杷树,在村中比较出名,村里有人家小孩上火咳嗽的,大人就会跑来摘这棵枇杷浓绿的大叶子。这棵枇杷结很多果,安静的晚春初夏午后,家里大人们都去地里干活了,村里的小孩就来偷枇杷。他们举着长竹竿,站在树下的石板路上敲着树枝,噼噼啪啪几下,枇杷纷纷落在石板路上和草丛里,有的果子蹦到路下的小水潭里,咚的一声消失在水中。蹦得远的果子就到下方人家的屋瓦上了,噼啪几下之后,屋里的人听到了瓦上声响,这家主妇从屋子里站出来,劈头盖脸一阵骂,孩子们拾几兜枇杷落荒而逃。

那时候村中种枇杷的人家不多。离村子不远的东边山谷里有一片枇杷林。山谷中有一座"茶场",起了几间瓦屋给看山人住。茶场附近山上遍种杨梅和枇杷。这山谷的山脚下有一座寺庙,有些年头了,木结构的廊柱都成了深褐色。记得寺院里有很好看的壁画,从寺庙蜿蜒而出的山路通往一个叫马峦的村庄,我有亲戚住在这个村子。有年夏天,我和哥哥从亲戚家回家,经过山谷时已是傍晚,山谷寂静,四下无人。远处溪流哗哗响着,溪上是一片暗绿色的枇杷林，树上黄金点点。我哥禁不住诱惑，攀到溪上的一棵枇杷树上，才上去一会，就被一个男人逮住了。我哥双手被稻草绳反绑在一棵树前，急得满脸通红。我跑回家去叫爸爸来，好像给了五块钱才了事，枇杷却连一个都没吃上。多年后，我上高中时，和同学故地重游，花了二十元买了很多枇杷。

记忆中的枇杷总是最好吃的。大学毕业在家乡工作后，有一年去楠溪江五尺乡游玩，遇见五尺的村民在溪边桥上卖枇杷，那鲜润的黄枇杷装满竹编筐子，筐顶上的枇杷还带着浓绿的叶子，好看极了，像薄田泣堇说的"果子带着两三片叶子，顿时就会产生一种生命的跃动"。我更觉得好像整个柔润的春天，都装在这枇杷筐里了，一并装进去的，有细雨，有和风。村民叫卖着这些春风细雨，两元一斤。我买了几斤吃了个饱。真是难忘啊，那些枇杷的滋味。

也很喜欢看枇杷树，去年在苏州拙政园，发现有个枇杷园，绿叶婆娑，很好看。看周瘦鹃的花木文章，也写过拙政园的枇杷园。其实苏州园林里有不少园子都种有枇杷，我就好奇，那些枇杷会不会结果子，而结了果子，是不是被游人摘尽了。有年五月我从北京去杭州，在下满觉陇村里，有人家的院子种着枇杷，正结着黄果子，我见了，觉得到了家门口。

在北京的每年四五月，春风柔润的光景，也正是南方"细雨茸

家乡街边卖的枇杷

茸湿楝花，南风树树熟枇杷"的时候，我都会思恋枇杷。其实三月中旬北京的超市已经有枇杷卖了，十元四只，大多是福建产的，颗大而味淡，滋味不好。今年秋天，我在北京住处附近散步，在隔壁小区发现一棵枇杷树，非常诧异，不知是谁人将这南方的植物种到北京来。十一月初再去查看着花情况，发现已经结满花苞。到了冰天雪地的十二月，我再次探访这棵枇杷树，却见花苞还是老样子，到底是温度太低了，枇杷始终没有开出花来。

二〇一六年十二月

附记：二〇一七年六月再去看北京的那棵枇杷树，发现树上已有半青半黄的果实，去年的花苞熬过了长冬，终于在春天开花。摘一颗来尝，虽然很酸，但令人愉悦。

北京四季

散步草木记（一）

北京的春天从迎春花开始。三月十日前后，风变得温和，迎春花向阳而开，意味着北京的春天真正来临了。大地的苏醒真是奇妙，令人觉得自己也好像重新活了过来，每年春天都令人有一种重生之感。迎春花原本很普通，但在经历一个冬天灰扑扑的色调之后，尤其是在北方，它的嫩黄色就显得格外珍贵，它的花小巧精致，装点在密集的枝条上，纷披而下，温柔明朗。看李翰祥的《一代妖后》，觉得对京中春色捕捉得极准确——北京初春灰扑扑的背景里有灿烂的迎春花（或是连翘，远看无法辨别），有玉兰明亮的特写镜头，也有城墙根的二月兰。

迎春花开四五天之后，南面向阳处种植的山桃也开了。每年的三月中旬，山桃花都如约而至。有时候在买菜途中，随便一抬头就能看到菜市路边小院子里的老山桃树开花了，在你心中正盘算着一袋肉斤两的时刻，抬头忽然看到这么明亮的一大棵花树，瞬间就将你从尘俗中拽了出来，顿时，心情也变得明亮滋润了。山桃开得繁密时最好看，单独一棵开在老旧的街边也很好，远看一片轻粉色。开在溪涧两边更好，北京少有溪涧，但植物园里有条溪涧，两岸遍植小本山桃树，春时很是令人向往。还有成排种在古迹近旁也极好，徜徉于花下，暖风熏人，令人流连忘返。

北京早春最常见的花，还有玉兰，花期稍晚于山桃。时遇古建筑庭院中种一大棵玉兰花，满树纷繁的白花，令人觉到春之渐深与壮阔。北海公园有一棵玉兰开在琼岛长廊边，绚烂、古朴而典丽，配着长廊的漏窗，很有古中国气息。很喜欢早春的望春玉兰，白色花略带紫色，新鲜素净，在料峭春寒中，望之春气萌动。张爱玲形容玉兰"从来没有那样丧气邋遢的花"，大概是因为玉兰开久了，而且她谈到玉兰时，是在她被父亲囚禁期间。玉兰初开时所散发的那种气质，朋友宋乐天说，就是"尊贵"二字。

楼下巷道里还有两棵杏树，在三月下旬开花。做饭时站在厨房窗口望一望，就能看到其中一棵花枝闪耀。太阳好的日子，经常带孩子在杏花下晒太阳，仲春的太阳依然使人舒适，暖洋洋的阳光里有杏花香气，脸颊被晒得红扑扑的，带着熏人的香味，觉得简直要醉了。这样的时刻就像《牡丹亭》里杜丽娘唱的那一声："好天气也！"这样的天气，也正是"袅晴丝吹来闲庭院，摇漾春如线"的天气。

山桃落，杏花败，榆叶梅开了。小巷外街边的绿化带植有单瓣榆叶梅一棵，重瓣的三棵。单瓣先开花，是偏深的粉红色，比桃花颜色略深，气韵上，也没有桃花水灵，但它总让我想起南方老家的桃花，有怅然的乡愁。重瓣清明时着花，然而北方清明没有雨纷纷，只是气候渐暖，人们终于可以脱去沉重的冬季棉衣了，重瓣榆叶梅妖艳的深红色如一串串假花，让人深信春天的步伐已经坚定不移了。

北京的树在四月上旬才上新绿，只需数天，树们就齐齐披了绿衣。柳树绿得最早，三月底就上了鹅黄色，四月初舒新芽，远远看去，树间一片轻柔的浅绿色，待新芽再长一些，条条柳枝就像串串珠子，在水面飘荡时，很像一阕阕珠帘。北海东岸那一带杨柳十分好看，背景是水面、琼岛和白塔。植物园的杨柳也种在水岸边，与山桃、碧桃杂植，春天时，便有了几分江南桃红柳绿的风流之气。我有朋友拍杭州的杨柳拍得美极了，使人想到前人的话："杭州的杨柳才真是杨柳。"北京的杨柳则是另一种气质的，有很硬气的一面，在萧条的十一月份，在其他树木都落完叶子的光景下，柳树却依然有暗绿的枝叶在冷风中飘摇，一直到十二月初才落尽。

去年春天在北戴河一家旅馆食堂吃到一道凉拌柳芽，滋味不算坏，今年四月打算试做这道菜，无奈无处采摘新鲜柳芽。小区北边通往菜市的小路旁原来种了几棵大柳树，但是在去年夏天最热的某个下午，忽然被齐齐砍去，只剩树桩，路人失去乘凉的绿荫，鸣蝉也失了高柳，栖居到别处去了——世间煞风景之事，这算得一件。幸而新住处楼下也种了一排杨柳，这于我是新的快乐，春来看新芽，

北海的玉兰

北京早春柳树

夏天可以听柳树上的鸣蝉与布谷鸟啼声，冬天有最后的一抹绿。对柳树的感情，就是这么在日常里渐渐发生的。

四月也是丁香的季节。北京城沿路多植丁香，紫色最多，住处附近丁香不多，只有朝阳北路的绿化带上种了一路。城里开得比东郊早，每次进城途中才晓得：呀，丁香开了！丁香的香味很浓郁，不算好闻，但是其花清新如云，很让人爱看。白云观中植不少丁香，有植在烟雾缭绕的香炉近旁的紫丁香，有植在道观道士宿舍院中的白丁香，院子名为小蓬莱，觉得正适宜。北京法源寺的丁香最著名，有年六月访法源寺，惜丁香花已开过，大殿两侧小道两旁的丁香树绿叶婆娑，衬着寺院中红色的中式回廊，深邃古旧，让人觉得这寺院中僧人的生活，也应是宁静有序的。寺院中的花，印象深刻的还有八大处证果寺的梨花，有年四月去证果寺，发现山门外有一树梨花，北京很少梨花，看到那一树白花时，觉得很珍贵。

紫花里还有二月兰，即诸葛菜，楼下路旁、小区荒园及邻居的山楂树下，四月至五月甚至到六月，到处都是它的身影。冈仓天心排斥折花，说即使是把花种植在花钵里，也有自私的嫌疑。他说理想的爱花者是那些在花的故土拜访花的人：陶渊明坐在破旧的竹篱前与野菊交谈，林和靖漫步在西湖边的梅林，沉迷于梅花的芳香。看了他的话，我就不大敢摘花了。但二月兰，偶尔还是舍得摘的，因为它实在开得太广茂无边了,随处都是,即使不摘它,除草工人也很快将它们大片除去。

散步时所见的紫色花里,最爱紫藤。我每年都要看紫藤,附近只有两架,一处在一个八十年代的旧小区里,开得很茂盛。我居住的小区里也有一架,却开得很寥落。对于紫藤的喜爱,还牵出一段八十年代的记忆。我八岁左右时妈妈在一个小镇上开了家布店,布店对过开店的是本地人,卖什么却已忘记,记得走过店堂狭窄的通道,打开一扇木门,后堂便豁然开朗。被人领进卧室参观,这家的儿子刚结婚不久,五斗橱上放了一瓶假花,紫色的花一串串垂下来,另外一边放着两团紫花,雪团般夺目,并不知道那是什么花,只觉得新鲜且美,令人倾心。原来那一串的,是紫藤,那一团的,是绣球,这两种花后来都成了我喜爱的花。

觉得紫藤是很有民国气质的花,大概是因为有不少现代作家写过它。鲁迅的《伤逝》开头,有两处写到紫藤,虽然都只是一笔带过。八十年代水华导演、王心刚主演的电影《伤逝》中,一所老北京的破旧四合院里,有一架子灿烂澄明的紫藤,生动地还原了时代。很喜欢徐祖正写的紫藤:"玻璃窗外天井里有一棵紫藤花正是盛开。幽静极了。我想几时一个人再来,在这间精舍里泡壶清茶,一个人喝着茶,要坐就坐,要卧就卧,这样子过他一天……呀这样的精舍,闲静极了,那棵紫藤花真是幽丽极了。我是一个人领赏着。如今我领会到古来有志于修道的人要避去声色的意思了。他们把自己的躯体先弄到形似槁木心如死灰,对于这色相的世界一无留恋,然后方能达到所谓明悟的初步……严肃与明净,这是人生最最翘望而最最难以达到的境地了。"

凌叔华小说《花之寺》开头也写到紫藤,一个晴暖的春天午后,女主人公燕倩在满架紫藤下绣花,这时的紫藤,却带着平和的家庭气氛。查北京花之寺,发现还真有这地方。老北京有谚语"崇效寺的牡丹,花之寺的海棠,天宁寺的芍药,法源寺的丁香"。小说里写到的花之寺,似乎是碧桃和槐树较多。我散步时所见的碧桃也不少,附近开桃红色花的碧桃最多,深红次之,白花山碧桃比较少见,但也有一大棵。最喜欢白花山碧桃,深红的碧桃也不错,照片拍出来像红梅,有深远的古典味。北京四月也有很多海棠,南植物园的西府海棠很好看,南园里还有白鹃梅,无人观赏,落了一地。

和紫藤花期差不多的紫色花还有鸢尾和泡桐。鸢尾是很别致的花朵,花瓣的浓紫色像是染上去的,有水汽氤氲的水彩感。鸢尾未开放的花苞又像蘸满蓝紫色墨水的毛笔尖,使人看了想拿它画画。小区道路边的花盆里种有几丛鸢尾,一般在四月十八日前后开放,每年我都会记录这几丛鸢尾花开的日子,这种稳定的规律令人安然。

鸢尾科的植物都很明亮温柔，让人想起纯真的童年，黑塞有篇《鸢尾花》，也是有关儿童的故事。宫崎骏电影里也常见鸢尾科植物，黄菖蒲、蝴蝶花和溪荪。还有马蔺，花朵更细小，北京绿化带也有不少。

  泡桐花素雅又绚烂，北京有很多泡桐树，附近有条马路一侧种了一路，在四月下旬，俨然是一条桐花路，让人联想到南方的蓝花楹树。近来发现泡桐初开时是紫色的，到了后期渐渐褪成浅粉色，或近于白色。新住处楼下有棵很可爱的泡桐，长在大楼一个角落，地方太小，长成了很高很瘦的一棵，枝条都向上伸展。第一次见它时在冬天，并不能认出它是泡桐，到了四月，它开出花来，才惊喜地发现是泡桐，觉得很亲切。一株植物可以让人迅速地建立对一个地方的好感。

二〇一五年春

散步草木记（二）

北京的五月多晴朗凉爽的好天气，是"绿阴生昼静"的时节。这时候蚊虫还没有出来，空气清凉湿润，风和花皆好，散步很舒适。爱看附近邻居们的小花园，某家花园里，一本牡丹开出近二十朵粉色大花，檐下搭着葡萄架，葡萄架下砌了小池子，养金鱼养睡莲。屋檐下还挂了鸟笼，清风过处送鸟鸣，一切都充满了明净闲适的气氛。另一家花园种了几十个品种的月季，五月里花开得繁荣。附近朝阳路狭长的绿化带也种了一路月季花，绵延几十公里。

北京的绿化带所种的花，似乎月季和蔷薇最多，又容易长得茂盛，很是壮观。有的地方蔷薇墙绵延一两百米。月季花令我想起八十年代，那时电影里的插花，多是白瓷瓶里插一大把塑料月季花。八十年代年轻人结婚时，流行买一束塑料红色月季花，配一只雕花蓝色玻璃瓶，放置在高高的五斗柜上。我楼前巷子里有很多种颜色的月季花，空气很香甜，五月的大风也没有把这香味吹散。侯麦电影《克拉之膝》里，男主角在自己的花园里采了一把各色的月季，红、黄、粉、白各色夹杂一起实在是美。

每年五月上旬，我在买菜时还经常去看隔壁人家竹篱笆内种的两丛芍药，一丛红色一丛白色，往返之间，从不错过。没想到芍药竟这么好养，红的那株开了二十余朵，明艳照人，白的开得也多，华丽又明净，繁复的花瓣间淡黄花蕊隐现，凑近闻得清香，比起牡丹毫不逊色。

附近也有人养牡丹，只种得一丛粉牡丹，四月下旬开，一丛开二十余朵，足够让人开心半月了，华丽如此的花，能出现在寻常百姓家的园子，也实不易。京城中，景山公园、植物园等地的牡丹开得极好，尤其是景山公园的牡丹，品种多，种植面积广，是京城春天观花盛事之一。五月的花里，让人很喜爱的还有太平花，紫竹院公园有几丛太平花，令人印象深刻。在颐和园万寿山山顶也见过一树纯白的太平花。

五月始花的，还有蜀葵，这是最平易近人的花，北京的一些路边、荒地多此花，端午前后开得最繁盛，可以一直开到六七月，我甚至在八九月还见过蜀葵余花，九月的秋风里，沾染秋气的粉色蜀葵看上去像芙蓉。

楼下巷道里还有一棵石榴树，在五六月里花开照眼。很喜欢石榴花的颜色，暖暖的橙红色，缀满翠绿的叶间，明亮温暖。石榴真是很适宜北京的胡同，榴花与胡同，很有北京味道，楼里的孩子经常在这榴花下玩耍，这大概就是北京味道的童年吧。小区里还有开淡粉色花的石榴,及开白花的石榴,花虽别致,但终究没有橙红色的可爱。橙红色的榴花长成小小的石榴时,花的形状还留在果子前端,是极可爱的。

同样开橙红色花的,还有萱草。萱草又名忘忧草,忘忧花开了,差不多彻底入夏了,雨水也多了起来,常常一场大雨就使巷子积满水,这时候萱花倒影在积水中的样子真是好看。而这时节,巷子里的两丛金银花也快开败了,但香味还是很浓郁好闻,香甜清澄,每回路过时都要饱吸一次。

六月末七月初开的橙红色花,有卷丹,即虎皮百合,小时候在山里见过,野味十足。没想到再见卷丹,是在小区里的一棵山楂树下,它的花朵在树荫下荒芜的杂草丛中小灯笼般闪闪发亮,真是令人惊喜。后来发现另一个邻居种了一盆卷丹,株高花繁,极喜欢。此后每年夏天都要去看这两处的卷丹。

卷丹之外,同色的花很喜爱的,还有射干和蕉藕。射干的花很像剪秋罗,雅致美丽。蕉藕即姜芋,暗绿色的大叶子略带紫色,开橙红色的花,花与叶都极像美人蕉,花心可吸出甜汁,块茎洗净晒干可磨粉,可做粉干与点心。华北地区难有此花,有次见邻居种的美人蕉长出小苗是紫叶的,以为是蕉藕,后看花开,确定不是蕉藕,大概是紫叶美人蕉。而这几种花都是家乡山中农家庭院常有的。

北京路边的蔷薇

卷丹百合

射干

晶莹的鸭跖草

七月，紫薇和木槿都开得热烈了。紫薇如美人，在风中摇曳多姿的样子，是枝裕和的《步履不停》里展现得淋漓尽致。白薇开得盛时，远望极像泡开的白木耳，剪一枝插瓶，是很好的夏日清供。《步履不停》里有夜色中插在餐桌上玻璃小瓶的紫薇，丝绸般的夜色里，紫薇柔美洁净的格调，使家庭有了整饬安稳的意味。去菜市的路上还有一排木槿，单瓣紫色花。和紫薇一样，是属于年年看看，怎么看都看不厌的花。它大概算是夏天的必需品，没有看到木槿花的夏天，是不完整的。

　　七月间，鸭跖草（露草）也开得多了起来，立秋后开得越来越多。楼下巷子月季丛底下，就有很多鸭跖草，开得好的，有两朵很密地并开的，这晶莹的蓝色小花瓣，真像蓝宝石啊。德富芦花描写的露草很是精确，形容其为露之精魂，是蓝天滴沥的精露，是开在地上的天之花。同时，秋葵也开出了淡黄色的花。觉得秋葵的花比蜀葵略胜一筹，大概是北方少见之故，这淡黄的颜色也显得高洁，看到它的花瓣总想到薄如蝉翼四字，事实并未见得薄。大晏说："秋花最是黄葵好。天然嫩态迎秋早。染得道家衣。淡妆梳洗时。晓来清露滴。"汪曾祺说秋葵总使他想起女道士。

　　八月至九月间，见到最多的要数牵牛，北京的牵牛多到让人分不清品种和颜色。天气嫩凉，蓝色牵牛开在早晨，真是深渊一样的迷人颜色；玫红色开得多且繁，邻居屋檐下爬满一架，牵牛花心的白色使那一架子花显得闪闪发光；下雨后，桃红色牵牛变成淡红色，像是被雨水冲出来的颜色；紫红色颜色偏浓的一种大花牵牛攀在柳树上，花瓣外缘镶了白边，那浓紫红色花朵质地像丝绒，好像可以做出美丽的衣服……北京的秋天真是牵牛的世界啊，它让人变得努力早起。

八月在社区小医院的荒地散步时，发现几丛石竹，远看以为是旋花之类，边上也确实爬了不少旋花，走近才惊喜地发现是石竹，秀丽清幽，杂草丛中几朵开得饶有野趣。这片几十平米的草地上开了三种颜色的石竹，白色、粉色、浅粉，浅粉色其实像一种渐变色，一圈粉色延伸开去，洇到外一圈白色当中去，花瓣形状像削铅笔刨下的一瓣完整的铅笔木屑，琐碎又娟丽。也像一条小裙子的花边，边缘像被剪刀剪过。《花镜》说："石竹一名石菊，又名绣竹。枝叶如莙，纤细而青翠。千叶如剪茸，花开亦耐久，而惜不香。"喜欢石竹这个名字，因为带了"石"字，纤柔中有一种朴素的坚韧。此外，秋草中的桔梗也很值得一提，附近郊野公园的小山坡上，就种了一片桔梗。每年开花时，总是要过去探望。小山坡上还种了很多金银忍冬（金银木），冬天秃树枯叶的萧条颜色之中常杂着红色的果实，是很美的。

北京冬天里不可多得的颜色，金银忍冬外，当然还有柿子。冬天结满红柿子的柿子树是很有情味的。不少邻人园中都植有柿子树，去年冬天，在种了山楂树和柿子树的院边散步时，碰巧遇见一个柿子落下树来，它路过山楂枝，和山楂果打了个招呼，又啪嗒落入杂草丛中，真是可爱的事。早一点晚一点都看不到落柿，恰巧赶上这一瞬。借向井去来的茅庵"落柿舍"之名，应该叫这院子为"落柿园"。向井去来是芭蕉的弟子，元禄四年，芭蕉寄寓落柿舍，写了《嵯峨日记》："京都有向井去来别墅，位于下嵯峨竹树丛中。近邻岚山之麓，大堰川之流。此地乃闲寂之境，令人身心愉悦，乐而忘忧……数株柿树，枝叶纷披，遮蔽房檐……此一地清阴，乃去来送吾之最佳礼物也。"而子规的俳句"啖秋柿，钟声何悠扬，法隆寺"，柿子和钟声的那种协调，有一种远古的寂寥。

二〇一五年春

山 桃

楼下的山桃花好像一夜之间就开了。早上一打开楼道大门,安安就喊一声:"哇,花开了!"显然,比起大人,小孩子对自然的变化更敏感。记得前一天出门,并没有注意到这一树花。带孩子去公园,视线越过广阔的草地,远远地看到一团粉红色山桃花开在墨绿松柏的背景前,绚烂绮丽。微微泛绿的草地上有人铺了毯子休息,衬着山桃树,很有春游的意思了。两个小女孩和妈妈们经过花树,两位妈妈急于前行,其中一位小女孩说:"妈妈,停一下,我要看桃花,啊,妈妈,我要看桃花呀。"妈妈们终于停下来。两个小女孩很快乐地跑来看花,一位小心翼翼地抓着花枝说:"好美啊!"这一瞬间真是动人。小孩子还保持着爱好自然的初心,对美好事物的发现和留意多过大人。她们步履匆忙的妈妈们,大约是没有心情去看道边山桃的。大人为世俗所累,很多时候,对自然之美视而不见。

公园内,白山桃花也有几棵,开得略少一些。此时柳树轻黄,高处晒到太阳的地方,柳枝已经是柔柔地绿了。待到第二天再看柳树,会发现颜色又有了新的变化。北京的春天就是这样你追我赶,非常迅速。春天追赶着你,会让你产生一种珍惜生活的急迫感,觉得时间不够用，大好的一天，舍不得去工作，或削一根芦笋，舍不得去洗衣，或打扫房间。然而，事实上春天就是每一天都不会虚度，即使在家里，只要有阳光照着你就好，干活或看书都可以；游荡时则更好。总之，只要呼吸空气，生命就不是浪费的。春天也不容你虚度，好天气和花很快就会走，像诗人说的："上帝的礼物！完美的日子！这样的时光人不应工作，而要去游乐。"走路的时候路过两棵巨大的山桃，风中飘飘地，已经有细细的落花了，时不我待之感油然而生。必须要到植物园、颐和园，或北海去了。

北京的初春，是山桃的盛会。山桃就是北京早春最突出的代表，人们度过了荒凉寂寞的北国冬天，山桃哗地开放，人们因之心情开朗，公园内高歌的老人比比皆是，年轻人在花下野餐或留影，沉寂一个冬天的心灵，无比愉悦舒畅。春天大概是人最容易感到幸福的季节吧。

城里到处都是山桃。各种小区或路旁，以及所有的古园林都植有山桃。北京植物园内有条溪涧，两旁遍植山桃，每年三月中下旬花开之时，衬着奔流的涧水，涧边又有叠石，有几分桃花源的感觉。园内还有樱桃沟，沟边有寿安山，山上有一树一树山桃点缀在灰色了无生机的树丛间，也是一种对照。可以说，山桃就是一种对照，无论在林间、古建边、水边，都能令人觉到一种强烈的对照——明与暗、粉与灰、粉与绿，尤其是古建群后的一团团，两相对照更是好看。山桃其实也不只有一种颜色，有粉红色，比桃花红略淡；有浅粉，花瓣近于白色，花心略带粉色；有纯白色，颜色接近梨花白。北京的山桃则是粉红色偏多。

有一日去颐和园，绕着万寿山山脚快走一圈，入北宫门，往西边走，转弯后往东，经长廊后再往北，回到北宫门。这一路，山脚非常安静，山间松柏中常常有一树明亮的山桃，阳光落在花上，逆光时，点点花瓣美极了。这一路有一条小河，小河边也多山桃，垂垂花枝在水面飘拂，明的是花枝，暗的是水面。有时河对岸一树大山桃映在水里，同时掉入水中的还有蓝天、松柏的深绿色，于是水中晃动着粉色、蓝色和深绿色，非常好看。山桃树下，也常有老人立在岸边垂钓。

在颐和园，山桃开得最热烈的地方，就是西堤了。从长廊看西堤，一团团粉色山桃花夹在绿柳间，让人想插翅飞到对岸。西堤的山桃有的很老了，常有花枝垂于碧绿的水面，是很诗意的意象。而从东宫门向北宫门的这一带山脚，有一处古建群，后山遍植山桃，花开如云，对照着古建筑，别有洞天。

颐和园围墙边小山坡上也有很多山桃，从颐和园外面的马路经过，抬头看高高的围墙内，见一片山桃开在墙内的山坡，便会觉到

山桃

颐和园古建后的山桃林

一种春天的诱惑，引人追逐。北海公园北门边有一段青砖围墙，每年三月，那墙上的几棵山桃都伸出花枝。琼岛山上白塔周围的那一溜山桃花，特别好，春天的时候人们在繁花下徜徉，都显得那样快活。而当你正在闪耀的花枝下看花时，忽然听到一阵咚咚的小鼓声，抬眼看到几个喇嘛绕着白塔缓行，一边打着小鼓，念着听不懂的经文。还有一棵老山桃，有几十岁的样子，开了五个大树杈，花荫覆盖着粗枝，花下常有人坐着休息。漪澜堂后有棵白花山桃开在屋檐边，花枝垂到屋顶，常有猫咪在黑瓦花间躺下来，眯起眼睛晒太阳。历史的人工风景一旦有了年月的积累，就带有自然的痕迹，有了自然风景的味道，黑瓦上的山桃枝与猫、琼岛上垂挂着紫藤的老松、花间纷飞的蜜蜂，这些都是自然。

二〇一七年春

楸树、槐花与布谷鸟

一日骑车路过附近小区,发现路旁有一种开花的高树,开淡紫色花,有时又感觉像粉色,好像是一种介于淡紫和粉色之间的颜色,挺美的,我想也许这就是一个朋友写过的楸树,回家一对比,果然是楸树。那天下午又骑车去仔细看了一次,发现那个小区墙边有很多楸树,花开得非常盛大,花朵清秀精致,让那条原本乏味的路变得生动起来。后来注意到北京原来是有很多楸树的。

那天还去了重庆饭店看紫藤花,今年还没看紫藤花。去年初冬在重庆饭店吃过一次饭,吃完发现饭店有个很别致的后花园,里头有一棵很大的枫树,正满树红叶。有一带仿古长廊,还有一架紫藤。这家饭店有一种很悠闲的旅游气息,大堂装修老旧,但打扫得很干净,花园里种满花木,像北戴河的那些疗养院,有一种八十年代国产电影的气息,我印象很深,想着等春天的时候再来这个花园看看。这次来到这个花园,找了许久,并没有紫藤,倒是找到一架木通。架上还有很多蔷薇,正打着花蕾。长廊边上几丛牡丹已经落花满地,房子上爬满五叶地锦,感觉有点失落。

走出饭店打算回去,看到马路对面的高树缀着一串串白花,是刺槐（洋槐）。一阵风过，空气里都是浓郁的花香。四月的风还有一点寒意，但花香却让人舒服。洋槐的花看上去比国槐的花干净多了，国槐花在北京的夏天落满人行道时显得有点邋遢。而南方那些种在绿水边的洋槐，槐树的新绿与水的绿呈现不同的颜色，那种盛大的乡野气息令人迷恋。新鲜洋槐花没吃过，槐花干吃过几次，味道有点像霉干菜。

那天还听到了布谷鸟的声音，这是今年春天第一次在北京听到布谷鸟叫，是"布谷——布谷——"的啼声，有时候，布谷鸟的啼声则是："布谷谷——谷。"杜鹃有多种，布谷鸟是杜鹃鸟之一，称大杜鹃。子规是另外一种杜鹃鸟，还有四声杜鹃。北京五月夜里听的那种杜鹃，有点凄厉，一般在五月出现，麦秋时节，它就传来催促快割之声："快——快——割——谷。"

很喜欢布谷鸟"布谷——布谷——"的啼声，特别柔和、和平，好像晴朗的天气。以前住北京东郊，五月澄澈又清凉的清晨，一醒来就常会听见"布谷——布谷——"的叫声。走过一条白杨树高大的浓绿小街，布谷鸟的声音在浓密高大的白杨树丛中声声传来。这和平之音本身就像一个和暖的春天。在故乡山里，都是这种啼声的布谷鸟，每听此啼声，宛若置身晴日的故乡山中。那浓绿小街的远处，有一拨高大的树，因为高且大，树顶连绵起伏，远看像是小山，

楸树花

和布谷声很搭。路边有一处种了红碧桃,那棵碧桃树姿态伸展,花开得错落有致。北京碧桃太多了,红花的尤其俗气,可是偶尔遇一两棵,觉得还蛮古典的,红花和布谷也很适宜——家山布谷啼叫的季节,也开了满山的映山红呀。

  但布谷鸟其实并不像它的声音那般和平。看BBC的纪录片《布谷鸟》,知道布谷鸟自己不垒窝,而是把蛋下在别的几种鸟类窝里,鱼目混珠,然后将窝主下的蛋或吃或毁,宿主在毫不知情的情况下帮它孵出了小布谷鸟,并喂养它。而小布谷鸟,一出生就是一个小小的杀手,它会杀掉同窝的其他幼鸟。布谷鸟就是这样靠欺骗来延续后代的,然而这些都不能妨碍它有美妙和平的啼声。电影中出现的布谷声我也喜欢听,瑞典大导演伯格曼也常常在电影里使用布谷鸟的声音,在《夏日插曲》的开头,就是几声布谷鸟的啼叫,这样的声音背景下出现的风吹树梢、度假别墅、花朵、河流,都让人神往。

二〇一六年四月

芍药、谷雨牡丹

这两年春天，我都会买几把芍药插在家里。前日买的一把芍药，有粉红和白色两种杂在一起，粉红色的有一大捧，插在玻璃广口大瓶中。白色的只有两枝，第二日开放后，把它们插在白瓷瓶里，放在书桌上，时时闻着很清新淡雅的气味。芍药这么娇艳的花，气味原来这么清淡。这瓶芍药，早上晨光照耀下是一番样子，白日又是另一番样子，晚上，灯光下，它把影子投在浅色窗帘上也很好看，入了夜，那白色印在黑暗的夜幕中，格外动人。因为这芍药，我就在房里坐了一整天。这芍药特别能让人体会到，插一瓶花在家中，能得多少愉悦和幸福感啊。

书桌上，插在白瓷瓶里的白芍药花朵，外面两圈花瓣隐隐有淡红色，真是精致极了。想起以前抄过一段三岛由纪夫在一九四五年七月写给川端康成的信："我在这里的工作，是以大学生为对象，担任宿舍里的图书管理员，有充裕的时间来写东西，怀着感激的心情度着这段时日。同时，还要编辑宿舍内部的传阅杂志，从事的都是我所喜欢的工作，觉得现在的生活真是一种幸福。房间里挂着小小的条幅，上面抄写着佐藤先生俳句中开首部分的'晨光微熹'的字样，书架上排列着近松、南北、镜花、八云和泰戈尔等人的著作，花瓶中插着夏蓟……"

那么我家中的情形是：书桌上叠放着岛崎藤村、永井荷风、芦花、八云和黑塞等人的著作，花瓶中插着芍药。这的确是生活中很好的一面，好像有时候忍受很多难熬的时辰，就是为了要拥有这样整齐、清洁、平静的时刻。这种秩序井然且清净的当下，大约可以作为所谓生活的意义之一种。有时候，秩序与花朵，和书本一样，都是很好的安慰。

除了买芍药，这两年春天也都会去公园看牡丹。今年谷雨那天，北京没有下雨，趁着空气好，去北海走走，顺道去景山看牡丹。北海静心斋以前是完全开放的，现在好像只开放三四天，游客多时，门口排着很长的队伍，而他们的头顶是花开如云的楸树，衬着华丽的屋檐，非常好看。幽暗的林间或假山旁开遍重瓣黄刺玫、棣棠、欧洲荚蒾、水枸子。

快雪堂以前难得开馆的，院落里有几丛牡丹开得很鲜明。原来牡丹开在这样安静的精舍斋前更好看，那丛颜色极为浓稠的紫红色大花映照在廊下的玻璃窗上，静而幽丽，窗内下着竹帘，右边是游廊的花窗，近旁一棵大玉兰，肥而大的新叶新鲜润泽，总觉得牡丹在人少的地方开得更精神。这几丛，多是紫红、紫色或粉红，看上

插在家中的白芍药

景山公园的牡丹

去很清润,真是不负"谷雨花"的俗称了。《清嘉录》载:"谷雨三朝看牡丹。无论是豪家名族,法院琳宫,神祠别观,会馆义局,植之无间。即小小书斋,亦必种二三墩,以为玩赏。"这快雪堂内牡丹,倒有几分像《清嘉录》里说的小小书斋的牡丹,是日常又幽静的中国风景。

坐大船到琼岛北岸,去看琼岛山上的紫藤。记得从东边石级上去,路边有棵松树上攀爬着一棵紫藤,但今年已经枯萎了,藤上有很多蛀洞。白塔下的那一架开得也不大好,白色的铁架子锈迹斑驳,显得很邋遢。太阳正烈,逼出紫藤浓香,来往的游人纷纷感叹真香啊。有几个年轻人路过,居然说它是紫罗兰,说它是丁香的人也很多。堆云牌坊边上也有一架紫藤,绿色油漆的仿古木架子,架下坐满休息的游客,喧闹的环境下,也难显清丽。可能清晨和晚上会是不同的光景。觉得无论什么花,都要在清净的环境下看才更好,也许,这不过是一种近中年的心境吧。

景山山边的紫藤好像是自生自长的,无人管理,也没有搭架子,附近没有树的话,这藤萝就匍匐在地,开成一团,边上开着牡丹,景致倒也好看。路过的五十岁以上的人,几乎都认识紫藤,而且都称之为"藤萝",大约还残存一点八十年代语言特色。

景山看牡丹的人实在太多,非常喧闹,牡丹虽然开得很繁华,但明晃晃的大太阳底下,花被晒得无精打采。我想如果是清静的阴天或清晨,应该很好看。雨天或许也好,但是据说牡丹花一经风雨就败。公园里银白头发的老人在牡丹花堆里露出笑脸拍照的,比比皆是,有时候觉得是别样的风景,是一种盛与衰的对照。

二〇一七年四月

蜀 葵

我住处的西窗下,原先有个美丽的荒园,五月初时蜀葵花开遍,有深红色、桃红色、粉红色、白色等几种颜色。有一年五月我去住院,去之前蜀葵未开,在医院过了一周后,出院那天看到西窗下蜀葵开得正好,有一种回到人间的感觉。现今这西窗下的荒园美景,被住在园子里的锅炉房工人破坏殆尽了。他们还养了两只很凶恶的看门狗,据说有人被咬过,所以我更不敢靠近看花了。可惜了这些蜀葵,被他们破坏后,一年比一年少,而从前是长满整个园子的。

园里从前有树,也被这些人砍了,他们冬天用树枝烧火,把树枝烧了,春天就除草,用蓝色的简易屋顶在空地上盖丑陋的房子。这园子以前到了夏天总是一片葱茏,点缀着牵牛、田旋花之类。现在是寸草不生了,地上大堆煤屑。有些人大概就是不配拥有这些好花的,生活里即使有好花,也不懂得观赏与珍惜,像蝼蚁那样活着,还抱怨生活的不好。这些人大概是没有"心"的,当然也不允许别人进园子观花,你问他,狗咬不咬人,只冷冷地回答说:"不知道!"世上可爱友好的人很多,但这样冷淡无情的人也真不少。蜀葵就是这样,总能带出一些世情来。

北京街边的蜀葵

楼下公车站边也有一片长得高高的蜀葵，浅粉色的可爱花朵，让人想到婴儿圆嘟嘟的小粉脸，但好像从没人注意它们，边上一棵紫红色的蜀葵被广告牌压弯了腰，也从来没人将牌子拿开，花年年照开照落。它们静静地立在街边，见证了这条小街几年来的变化。一家店面几年之间从服装店到美容美甲店到装修店，都坚持不到一年的样子，现今换了家寿衣店。店主一家吃住都在小小的店里面，用布帘隔了后面部分做睡觉的地方，吃饭就在门外空地上摆张简易小桌，门口台阶边摆个旧柜子放电磁炉烧菜，电饭锅里经常泡着饭后的碗，生活用水直接倒在店前的下水道，这可以代表一部分中国家庭的日常吧。店里的小孩大概两岁，长得瘦瘦小小的，自己在地上玩。他们就这样守着这店生活，然而并没有多少生意光顾。

与这家店隔几家，有间店倒闭后出租，在一个秋末将冷的时候终于租了出去。有天傍晚，一个男人在布置店堂，一卷卷的布列在地上，一个小男孩在自顾玩耍。第二天大早，已经有了初冬的寒意，店里已拉开门帘子，小男孩趴在玻璃门上吹气，看样子他们在杂乱的店里过了一夜。在深秋的寒意里初到陌生之地，一切秩序尚未建立，这样的黄昏和早晨，是令人觉得萧条的，更何况，照这条街的经营历史看，这无疑又是一桩赔本的生意。果然，第二年春天，他们积压了大批羽绒服，撤店了，甩货一百元一件也无人问津。俗世里好与坏的情味及人生萧条的况味，蜀葵作为见证者是最为适宜的，它是被广泛种植在街边的花，或者根本不需要种植，只要随风飘散到各处，见证生之味。

二〇一五年六月

有关豆腐

暑天胃口差，又不吃辣，全仗一道凉拌豆腐下饭。做法也简单，超市买块白玉内酯豆腐在盘子码好，用刀划成小块，撒一些榨菜丝、小葱，再拿个小碗，放点细盐、白糖，倒入醋、生抽、芝麻油、橄榄油，搅匀了浇在豆腐上，其味芳美，豆腐软榨菜脆，很相宜。老家还有放入芹菜末的；喜欢吃蒜和香菜的，都可以切点进去。

老舍在《骆驼祥子》第四章里有段写祥子在逃命出来小病后吃老豆腐，看得人胃口大开："坐在那里，他不忙了。眼前的一切都是熟习的，可爱的，就是坐着死去，他仿佛也很乐意。歇了老大半天，他到桥头吃了碗老豆腐：醋、酱油、花椒油、韭菜末，被热的雪白的豆腐一烫，发出点顶香美的味儿，香得使祥子要闭住气；捧着碗，看着那深绿的韭菜末，他的手不住地哆嗦。吃了一口，豆腐把身里烫开一条路；他自己下手又加了两小勺辣椒油。一碗吃完，他的汗已湿透了裤腰。半闭着眼，把碗递出去：'再来一碗！'"他这里切的是韭菜末。韭菜和豆腐是很搭的，春天时做过新韭煎豆腐。韭菜是当天送的有机菜，很鲜嫩，就忍不住买块豆腐来煎，油放得稍多一点，豆腐切成薄薄的小方片两面煎黄，把韭菜切了烫进去，撒点盐,就很好吃了。

叶灵凤先生在《香港方物志》里写韭菜炒豆腐:"用干锅将豆腐烘得黄黄的,然后弄碎了炒韭菜,干香开胃,实在是一味价廉物美的家常好菜。"不过,我做的韭菜煎豆腐没有将豆腐弄碎了,觉得把小心翼翼煎好的豆腐片弄碎了很可惜。当然很大部分原因是出于习惯,家乡温州把这种两面煎黄的豆腐薄片叫作豆腐鲞,是当地特色菜,很有民俗风味。温州豆腐鲞所蕴含的民俗,第一是老人白喜事上要吃豆腐鲞,有吃斋的意思;第二,寺院庙堂做佛事,斋房也会做豆腐鲞。

我老家的村子被山包围,买什么都很不易,村子小卖部并不能完全满足村民日常所需,海鲜、干货、肉、豆腐等都是有人挑来卖的。卖豆腐的在这几个山头的村子只有一家,是个胖胖的少妇,脸色红润干净,她的嗓门虽不大,因山中静,人们也很容易听到她的豆腐叫卖声:"die——fu!"豆字拖得悠长,当地土话的发音近于蝶了,但她拖的长度恰到好处,不像后来我在平原寄宿学校外听到的叫卖声,夸张得多,也有气势得多,那种叫卖声丰富些:"die fu——要伐 die fu——"我觉得近于唱歌了。卖肉的都有吹牛角,不知道为什么卖豆腐的不吹豆腐哨子。记得成濑和小津电影里,豆腐哨子响过,字幕也会打出注释,但每次都只闻其声。很想看看他们的豆腐担子，后来终于在森田芳光的《武士的家计簿》里见到了，原来他们把豆腐一块一块绑好了放在木桶里卖，也兼卖豆腐皮之类的豆制品。

我们山里卖豆腐的少妇把大块豆腐放在木板上，木板放豆腐的一面因用久了纹理清晰又光洁，木板搁在"蒲儿"（当地一种竹制筐）上，用扁担挑着叫卖，遇人买就停下挑担，切一小块放入人家自带的碗里。那时买东西多是自带容器，有带小酒杯去小卖部买两小块豆腐乳的，豆腐乳装在大坛子里，坛子揭盖时香气扑鼻，掌柜用筷子小心夹到你杯里来。

我经常帮家里买豆腐，有时切来的豆腐还是热的，软嫩得很，妈妈切一点下来，切成小丁撒上糖霜（当地白糖叫法），于我就是很好的一味小吃。因为那时还不知道豆腐脑这个存在，觉得这样吃豆腐就很高兴了。这样的吃法让我想到松本佳奈电影《母亲河》里，市川实日子开的一家豆腐店，小泉今日子和小林聪美她们去买豆腐吃，每人端一碟豆腐坐在豆腐店门口像吃蛋糕那样用小勺子挖着吃。日本很多电影里，像山田洋次的《京都太秦物语》，竹中直人的《等救火的日子》，都有开专门的豆腐店的，整洁而温馨。

我们家剩下的大块豆腐，一般是做豆腐鲞吃。有时家里忙，没空做，就淋上酱油去蘸酱油吃，这种吃法叫作吃豆腐生。温州人喜欢各种生吃，把生吃的东西后缀一个"生"字来命名这道菜，比如吃生螃蟹，这道菜就叫港蟹生。我们山家过去的茶叶、稻谷、瓜果蔬菜多自产，像豆腐这样在挑担上买的，就觉得很珍贵，也格外好吃。丰子恺说："我往往觉得山水间的生活，因为需要不便而菜根更香，豆腐更肥。因为寂寥而邻人更亲。"

不能忘记第一次吃豆腐脑。妈妈离开山里去平原的一个镇上开了家布店。布店斜对面有家早点店，妈妈带我吃了油条和一碗豆腐脑，油条也是第一次吃，山里人真是大开眼界。豆腐脑盛在橘红色的高脚碗里，碗的里色是白瓷，豆腐脑上一层糖霜，晶莹剔透。后来吃到的豆腐脑都没有那镇子上的好！去年在老家街头有看见卖豆腐脑的车子，在下午三四点光景叫卖，和家乡卖馄饨的梆子声一样，有旧时气息，但没有买那豆腐脑来吃。

二〇一四年六月

北京的雨

今年六月上中旬有很多雨水,下旬开始进入盛夏,六月最后几天很热,连草木都无精打采了。七月一号很闷热,预报说有雨,酝酿了一天,傍晚雨还是没来,晚八点左右起大风,雨渐渐下起来,雷声惊天动地,闪电照彻房间。十点过,大雨如注,空气变得清透,在雷声雨声中入眠,夜里醒来,雨已经下得很静了,只听得小雨打在雨篷上的滴嗒响,觉得又安全又温柔,可以甜甜地睡到清晨。早起看窗外以为雨停,出来巷道走一下,才知是细雨绵绵,凉爽宜人,巷道积浅水,有萱花、鸭跖草、狗尾草倒映其中。这种北京夏天清早的雨,是很可喜的,雨后的清凉爽快令人觉得同自然很接近。雨是大自然的一部分,而下雨,想来就是都市中人与自然接触最容易和直接的方式吧。

约八点钟雨停,九点过,小区内走了一圈,看雨后草木,都被雨水洗过,满目苍翠,一派清爽,一切好像都重新活了过来,眼底景物皆清凉:丝瓜藤上挂着雨滴,紫牵牛花上也洒着细珠,木槿花上缀着雨露。遗憾附近没有槐树,现在京中正是国槐花开的时候,"凉风木槿篱,暮雨槐花枝"也是消夏的清凉好意境。

暮雨是北京夏天常有的，经常是酝酿一整天，傍晚下几点雨，过一会雨势才大起来，一下就是好几个小时。暮雨之后空气通常很好，一洗平常的潺热，人们得了一夜好眠，外送一个冰镇清晨。记得去年北京的雨也集中在六月，七月一日也下了一场暮雨，夜晚变得凉快，第二天早上天空澄碧，太阳出来后，光点打在树叶上、建筑物玻璃上，显得流光溢彩，凉风习习，有初秋味道。雨后晴日的鸟鸣似乎也被洗过，更清脆。单音节的蝉，鸣成一条线，像一条铁丝，嘶嘶嘶扯得老长。这时候开着风扇窝在冰凉的竹席上看会书，是很好的。风扇吹来的风凉丝丝的。如果有自然的凉风就更好了，北京夏天雨后偶有凉风，让人觉得特别舒适。看书看渴了就吃块西瓜，这时候会感到夏天的迷人了。

　　前些年北京的雨季大多在七月，这两年提前到六月，很有点南方梅雨季的意思。那些七月的雨，大多猛烈，雨的方向也飘忽不定，有时从南边扑过来，于是要关南窗，否则阳台衣物要遭殃，有时雨从北边飘来，这时需关北窗。经常一下就是一整夜。有年七月雨季北京街道汪洋一片，损失挺大，人员伤亡不少，那是苦雨了。去年和今年六月的雨则少了苦处，好处颇多，尤其是下午的急雨，很爽利，来得急收得快，雨后即晴。今年六月有一日雨后北京东边的天空还挂了道彩虹。邓云乡说："北京伏天雨水多，下午西北天边风雷起,霎时间乌云滚滚黑漫漫,瓢泼大雨来了,打得屋瓦乱响,院中水花四溅。但一会儿工夫,雨过天晴,院中积水很快从阴沟流走,满院飞舞着轻盈的蜻蜓,檐头瓦垄中还滴着水点,而东屋房脊上已一片蓝天,挂着美丽的虹了。"

邓云乡写到雨后的蜻蜓,现在居民楼外是很少见蜻蜓的,偶尔会有豆娘。最常听的是蝉鸣,单音节的,更喜欢双音节的知了声,雨后听来更为响亮和清凉。说蝉声清凉的是渡边水巴:"婴儿试新装,已是吾家一成员,蝉声好清凉。"这首俳我在两年前坐月子的时候读到,很有共鸣。薄田泣堇说诗人中最喜爱蝉、最乐于倾听蝉鸣的是白居易,《早蝉》一首说:"月出先照山,风生先动水。亦如早蝉声,先入闲人耳。"还有一个爱蝉人刘禹锡,他俩初闻蝉鸣,像小孩子一般高兴,千里迢迢互致诗作,互相唱和。

北京六月雨后还可听得到布谷声,白天多为双音节,布谷谷——谷!极少有蛙鸣,只听过一次,去年六月一个雨后的上午,在常营郊野公园听到,那里有个小池塘,周围叠些石头,水边种了芦苇和几丛黄花菖蒲,那天经过听见黄菖蒲丛中阵阵蛙鸣,在北京多年没听蛙鸣,觉得很悦耳,简直可以说是"蛙声作管弦"了。站着听了好一会。后来去池塘后的小山坡看野花,抱孩子上了山坡,平地上盛开着一片黄色草木樨。因刚下过雨,透过松间可见远处的树林顶上笼着一层薄雾，松与雾真是绝佳搭配，蛙声不时传来，觉得是幸福的一个瞬间。

说说北京的春雨。京中一年里第一次下雨一般在惊蛰后。今年的第一声春雷在三月底。京中早春和仲春雨水是很少的，所以北京的春天也少水气，到了四五月暮春，雨水相对多一点。"春雨贵如油"，所以特别喜欢北京的春雨。北京早春的两三次雨，总下得温柔，在温暖的屋里听冷雨，常恍惚觉身在南方，雨打窗上雨篷声，听着也像坐船。夏目漱石病中有汉诗："春雨滴滴下，甘粥润枯肠。"还有个爱春雨之人梁遇春，他说整天的春雨，接着是整天的春阴，是世上最愉快的事情了。还说无论是风雨横来，还是澄江一练，始终好像惦记着一个花一般的家乡。对，春雨让人愉快，更因为是让人忆起故园。故园之雨、故园之土都比别的地方更甜润。而住在北方的南人，似乎都很喜欢北方的雨，这些雨令人觉得亲切，好像与家乡接近了。

炎热的夏日之后，北京的秋雨是上天的恩赐。有时秋雨也下一整日，第二日清晨醒来空气比昨日更凉了。荒草最先开始呈现淡黄色，下过一阵秋雨后黄色面积扩大，鸭跖草零落了，牵牛也越开越少，荒园里满目翠菊，西山上开了很多胡枝子。秋雨后的空气更有一股清寒之气。有时连续几天下一场长雨，几乎就要入冬了。而一旦进入冬天，北京就几乎没有雨了。对于爱雨之人来说，北京的雨天是很珍贵的，所以每下一次雨，我总习惯记下每一个雨日，仿佛这样就可以珍藏住这些雨似的。

二〇一四年七月

鸡冠花

室生犀星在《造园的人》里写了不少植物,最多的大概是松树,他十分喜爱松树,他设想只用松树和石块建一座绿色庭园,末了他说了一句让人忍俊不禁的话:"想到以上种种乐事,我深深觉得自己没有白活啊!"真是可爱。

他也很偏爱鸡冠花。《造园的人》里也有写鸡冠花的段落:"园中草类,我最喜欢鸡冠花。在竹林中或小竹丛后种两三棵鸡冠花是很适宜的。而在寂静的石头后边种一两棵,同那萎靡不振的石头相比,朴实的鸡冠花会显得红艳醒目,会更加让人有深秋之感……我在园中一般种植两株,最多不超过三株。我不喜欢五彩缤纷的花木。要说在庭园里种花,我觉得一年四季种植鸡冠花最为适宜。花色繁多会破坏庭园的幽静氛围。这种例证比皆是。有鉴于此,我定下一条规矩,鸡冠花外,其他花卉一概不种。"

我也很喜欢鸡冠花。看小津电影时,留意到里面也经常出现鸡冠花。《秋日和》里,鸡冠花出现一次,在路边。电影里还有雁来红,种在庭院里,远远看到一角。其后八角金盘似乎也出现一次,室生犀星说它:"没什么品位,却在晨霜中神清气爽,得意洋洋。"

此言极是。南方寒冬到处都是深绿大叶的八角金盘，很精神。

《小早川家之秋》里有很多鸡冠花镜头，多过雁来红。雁来红只出现在小早川家的庭院里，庭院还有一串红，鸡冠花则长在巷道边、墓地里、火葬场客室外的庭院中，尤其出现在后两种场景中的鸡冠花，红花对照暗色的墓地与黑色的丧服，更添悲凉况味。鸡冠花又名老来红，在此片中有很浓的暮年气，大概正暗合小早川先生短暂的暮年恋情。影片最后小津借笠智众演的农夫之口表达了他的生死观："死了就死了，然后可以再托世，再次来到这个世界。"

发现小津喜欢把雁来红和一串红安排在庭院里，鸡冠花却有浪人气质，随意飘飞到僻静小道旁或深巷中就能生根发芽，花发红艳艳。鸡冠花也出现在小津的《浮草》里，那是一个关于浪人的哀伤故事，鸡冠花确实也搭。觉得鸡冠花是种矛盾的植物，说它是童年的花，看它时就有亲切喜悦之色，就像《浮草》的开头，剧团初来小镇，巷道里小孩们奔跑的身影，很是喜气洋洋，之后给出的鸡冠花镜头，是有喜气的；说它是暮年之花，看它成熟时的暗红色，及出现在幽暗的墓地里的样子，就有了沉郁悲伤之气。

它也是我的童年之花，每看到它，总觉像一个童年的玩伴。大概很多人的童年里，都有一两棵鸡冠花吧。我第一次看到鸡冠花是一大片，六岁那年第一次从乡下去上海，在旅馆前的花园里看到一片整齐的鸡冠花。乡下多野花,少见园艺花卉,且那小扇子似的花形也很可爱,我高兴地用手去摸它,粘了不少黑色籽回来,妈妈说这个是种子,于是我刮了不少种子,用纸包好,坐轮船带回温州(记得那时候坐的轮船里还放电影,觉得真稀奇啊),春天时把它们撒在屋子西边的菜园里。爸爸为了让我种花,不但把这块小菜园腾出来,还不知从何处拿了些凤仙花种子,一并种下。好不容易等花开出几朵,有天忘了关篱笆门,邻居家的鸡把花们全啄掉了,为此哭了好久。小孩子也就三分钟热度,此后就没再种花,但后来,在院子里常年堆垃圾的一角,倒长出两株昂然的鸡冠花。此后我们家院子里就一直都有鸡冠花开。

去年在家乡一户农家见到一棵长得有一人多高的鸡冠花,也觉得很高兴。在南京鸡鸣寺游玩时,发现斋堂后面有盆栽鸡冠花,极好看。在北京不常见鸡冠花,但记得三四年前,小区里有个八十来岁的老人,在他家门前的公共地里种了不少鸡冠花,开得很好,边上还有两大丛翠菊,也开了很多花,翠菊边的矮墙上爬了蓝牵牛,老人还搭了丝瓜架,挂了不少丝瓜。经常见老人在园里干活,见人去看花,会很和善地问候你。这两年再经过那里时,不见鸡冠花和翠菊,也不见牵牛和丝瓜,也没再见到老人,他开辟的小园如今是荒草一片。此种情形令人想到正冈子规的"应有鸡冠花,十四五株曾经开"。

南京鸡鸣寺的鸡冠花

不知这位老人发生了什么变故。又不禁想到小津电影里经常出现的感叹:"世事真是变幻无常啊!"

二〇一四年七月

解　夏

　　矶村一路的《解夏》是很多年前喜欢的电影，放到现在来看，前半部分叙事比较枯燥，故事也不算吸引人，只能说略有点小清新，然而这类清新小品风格的片子，却让人很轻松。喜欢电影里兴富寺那位地方志专家解说的结夏和解夏。他说，古时，禅寺里有"结夏"的日子，修行僧一边走，一边弘法，但释迦牟尼说，到了雨季，就不能乱走了。印度的雨季，就是生命诞生的季节，如果再走动，就会踩死百虫之卵和草木之芽的，所以这期间，修行僧们就集合在庵房里，一边共同生活，一边坐禅；这庵房，就是寺的原始形式，叫"雨安居"，也叫"夏安居"，就是"夏天到来安心居住"的意思。这个安居期第一天是阴历四月十六日，阳历五月二十七日。而结束的日子，是七月十五日，阳历八月二十三日，就是"解夏"的日子。

　　这位地方志专家还说，人的眼睛在生命最后想看到的东西，应该是百日红吧，他说女主角石田百合子笑起来的时候特别美丽，百日红正像这样的笑脸。百日红即紫薇，日本喜欢称之为百日红，原惠一导演有部关于画家葛饰北斋的动画电影，亦名《百日红》。在"解夏"日到来之前的酷暑天气里，正是百日红开得最好的时节，苦夏里看到这样的花,虽谈不上是清凉之花,但会令人精神振作。

北京的苦夏多在六月底至七月上中旬,二十天左右的日子,这些日子,我会想各种方法消夏,心里一边盼望着"解夏日"快快到来,觉得解夏日到了,好像就可以从苦夏中解脱出来,也会从自身设置的囹圄中解脱出来,重获自由,有一个新的开始。

七月苦夏中,也正是荷花开的时候。中山公园里有一带很静的荷花池,池上临水的高轩有长廊美人靠,坐在上面看荷花,比在暴晒的北海公园岸边看荷花,要清凉很多。但荷花池很小,只有一亩不到的塘水,塘里水也少,淤泥露出大半,风吹过廊下,能闻见淤泥的气味。荷花也开得不多,但人们看见荷花莲蓬,都很快乐的样子。荷花的与众不同是,不光艺术家或植物爱好者能领略它的美,它也能瞬间吸引平日对植物之美近于麻木的普通人,是夏花中最容易落入普通人之眼的花。夏之荷出类拔萃如春之牡丹。看荷花回家切一个凉水冰过的西瓜吃,此为消夏方法之一。

在北京的生活,不像在南方那样,到处有丰富的自然。没有触手可及的自然,又不看书的日子,是留不下任何东西的,每天反复的生活不过是车过留辙般无意义。通常这样的时候,就看一些日剧。苦夏中适合看《西瓜》或《萤之光》之类的日剧。《萤之光》里夏天的啤酒、西瓜、花火,庭院里的小向日葵,后廊的闲坐或卧或躺,还有脚边闪着三两只微弱光芒的萤火虫,元素太齐全,给人不真实感,觉得是刻意营造的都市人之梦。记得电影《其后》中也有讨论萤火虫的片段。

萤火虫在老家叫"火萤光光"。以前在乡下,经常抓来放到瓶子里。村中小溪边有不少萤火虫,它们总是飞得很慢很慢,像在散步似的,很容易就被孩子们捉住。我把它们关在瓶子里一会后,又放走它们,因为很怕它们会闷死在瓶中。那条有萤火虫的小溪,无论夜晚,或是白天,都是人们喜欢去纳凉的地方。日里总有妇女的捣衣声在溪头石洞边响起。我们几个小孩子常常钻到溪水流出的石洞里去。其实这是一条隧道,高与宽都差不多一米五的样子,长则有百米左右,隧道通向后山。我们就在这冰凉的溪水里往山边走。黑暗中只有流水声与我们低低的说话声,我们很害怕自己的声音被妖魔鬼怪听到,尽管害怕,却依然摸着湿漉漉的石壁前行,直到抵达光的所在,才敢大声喘气。现在想来,那时最危险的事其实应该是碰到蛇。山里的孩子,就这样莽莽撞撞地长大了。

那时候走夜路也不知道害怕。看是枝裕和在《宛如走路的速度》里写看电视,就想起自己在晚上,瞒着父母去别人家看电视到很晚,然后一鼓作气跑回家去,大人们却在外面寻得飞起来,寻了一个晚上,回家后看见免不了一顿骂。后来自家终于买了电视,播《西游记》时，大概十来岁，一次不知道为什么被妈妈骂了，很伤心，心里愤愤地想自杀：啊，马上死给她看！我恶毒地想。然而转念一想，不行啊，《西游记》还没播完，死了就没得看了。

是枝裕和的那本书，的确是让人回忆起很多童年的事，还有台风和棒冰。想起台风天，屋子上的瓦都被风刮乱了，雨水下到房子里去，我们从楼上转移到楼下，一家人躲在楼下带顶的旧式雕花床上睡觉。床顶铺了塑料纸，然而还是没有用，雨水依然漏到床上。我们无处可躲，几乎是蹲在床角睡着的。风呼呼的夜里，我很害怕房子被风抬走了，或者山里的水把我们冲到大海去。

那时候真是讨厌台风啊，因为它带来了艰辛与恐惧。而棒冰是美好的，两毛钱透明的那种棒冰都很美味。啊，那卖棒冰的木棒敲打木箱子的"哪哪哪"声，总在迷迷糊糊的午后响起。手里握着两毛钱跑到村里的桥上去，卖棒冰的男孩在木箱里掀起一层层的棉被，然后拿一根棒冰递给你。他接过纸币，把钱放入用橡皮筋扎成的一捆里去。那捆钱有棒冰的气味。我定定看着，觉得卖棒冰的人真有钱，我也好想卖棒冰。而后，我在家里找出一个空木箱，把一些没用的旧衣服放到箱子里充当棉被，找一根木棒，也"哪哪哪"地在院子里敲起来。回忆这些童年往事也很消夏，有清凉意。

八月，晚风里开始有了凉意，我坐在朝东大敞的窗前读柳田国男，还有谷崎润一郎、芦花写夏天的文章。谷崎润一郎有篇《夏日小品》，写印花布、宝石、香等物品，有清凉感。芦花有篇《夏兴》，写在京都某寺院避暑，几个人买了西瓜从岩石上跳到碧潭里打水仗，流水夺走了翠绿的玉球，西瓜撞在岩石上碎了，每人抢到一块，边吃边游。读来解暑，且令人向往这样久远的、西瓜泡在溪水里的夏天啊。柳田国男的《远野物语》也很适合苦夏读，那些鬼怪传说读来凉意十足，一个晚上就能翻完，简单，又极有味。自序写得真好，那种简洁优雅的行文，是想学却学不来的："自高处展望，早稻正熟，晚稻花开，流水尽落河川。早池峰云霞微裹，山峦形似草笠。此处山谷稻熟更迟，满目一色青绿。"令人豁然开朗，像迎来了"解夏"的日子。

二〇一七年八月

牵牛花

眼下正是牵牛花季,每天都会看到此花。有不少朋友写过牵牛花,我所写的,无非是几笔自己有关牵牛花的经验。

老家山中的房子处于山坡上,出门要走下一道石级。这道石级有二三十步,石级的里侧是堵石墙,墙上长满闲花野草,有蔷薇、金银花、醉鱼草、火炭母等。初秋,墙上的大多花儿都谢了,有天清晨我出门上学,在墙壁上的万绿丛中,注意到了几朵幽蓝的牵牛花,藤蔓从石级的最低处开始,缓缓爬上墙来,晨露未干,翠色叶子和碧色的花上还有星星点点的水珠,见此情景,幼小的我觉得愉快极了。这种愉快并非来自对自然美的领悟,也非来自这种美给予的滋养,那时全然不懂这些,想来我彼时对于牵牛花,应该是出于天性的爱好,就好像孩子们爱吃甜食的天性,或像一位俄罗斯诗人写的牵牛花——过路的孩子觉得是妈妈在呼吸,散发出沁人的香气,真是贴切的比喻。但这牵牛于当时的我也确乎发生了一点启蒙,似乎使小学生的我对自然的审美开始有了一种意识,说不上有多伟大的感受,只觉得它很好看,让人高兴得很,很愿意第二天再见到它。那天早晨的情形我是至今不能忘怀的,我甚至因为这牵牛花,对于

插在花瓶里的蓝牵牛花

那天清晨的一切还历历在目：我的穿着，是一件红白相间的细格子的确良衬衫，深蓝色的薄灯芯绒裤子，走起路来会摩擦出令人快意的声响；我的心情，是那样欢欣，跳过一条小溪上的石头，快活地奔去学校。

后来我看到一位姓金泽的日本插画家画的牵牛花，画得温暖又有情致，也很像童年里那幽蓝的牵牛花。那幅画里是夏天，小女孩在院子里玩倦了，趴在屋檐下的台阶上睡着了，她边上有一丛牵牛花，藤蔓爬满竹竿，攀上了檐下的挡雨棚，开满蓝色花朵，花心白色部分像是在闪光似的，散出明亮的光芒。妈妈从屋里走出来，掀开苇帘温柔地笑着看她，女孩似乎正在做甜美的梦，嘴角也带着一丝笑意……这幅画真是契合了前面提过的俄罗斯诗人的诗境。

牵牛花生命力顽强，是很好养的花，这几年，我都有在窗前种牵牛花。今年种的牵牛花，开出了白色花和蓝色花。白色牵牛花的每个花瓣间有一缕淡淡的粉色，使花中间形成一个粉色五角星，很是别致，据说此品种名为milky way（银河）。蓝色的花朵开得很少，在白露后的清晨，偶尔看到蓝幽幽的一朵，很清凉的样子，仿佛看到露珠般高兴。太阳出来时很容易枯萎，剪下来插在书房里的瓶子里用清水养，时间久了就渐渐转成紫色。有次剪下的藤蔓带着未开花苞，当时并未留意。第二天清晨，发现牵牛藤上又开出了一朵蓝色花，觉得很惊喜，简直是额外收获。这缕牵牛藤水培了一周多，其间又长出几个花苞，次第开出几朵蓝花。但像是用尽气力似的，后来开的花，花朵越来越小，颜色则转为淡蓝或淡紫。

前年刚搬来新居不久，窗前的天竺葵花盆里，有牵牛开出幽雅的紫色花。那盆天竺葵养了很多年，前年七月上旬，花盆里长出牵牛小苗，大概是风吹来的种子吧，我捡了两根杏树枝插在盆里，好让牵牛爬上去。七月下旬搬家，从北京东郊搬到东三环边上，那盆天竺葵连同牵牛一同搬进了新居。一直等待牵牛开花，期望它也能开出蓝色的花，但它开的是紫色花。当然，也很满意了，对着电脑写字累了，抬眼望一望，能使眼睛得到休息，又能增添生活的兴味。一个秋天的下午，我在书房听到了布谷鸟叫声，这在北京秋天是很少的，想作一个俳句，但没有那个本事，只好这样记下来："秋天的布谷鸟啊，我透过紫牵牛花听它鸣叫。"下了雷雨后的早晨，晨气清新，牵牛开出六朵紫花，感觉很富有，这紫色牵牛花的花心处是粉红色的，中间花蕊及其周围略带白色，阳光一照，这花心部分像是通上了电，整朵花像一盏小灯，别致有趣。

新居这边的牵牛没有东边旧居周围那么多，旧居小区的荒草园里、邻居花园的篱笆上、电线杆上、树底下，无不爬着牵牛，充满野趣。刚搬来的一天清晨，我走了很久，才找到一道紫色牵牛花墙，足有上千朵，正迎着晨曦绽放笑颜，真是不辜负"朝颜"的美名。有一日早跑，发现小区一角竹丛里有几朵紫红色牵牛，使人想到宋人危稹之句："青青柔蔓绕修篁，刷翠成花著处芳。"拿相机拍它们，成像后都不难看，正应了芭蕉翁的那句"拙匠画牵花，牵牛花亦美"。

前年春天我在旧居附近散步时，在路旁顺手摘了一些牵牛花的种子，带到新居楼下的玉簪园里种了下去。过了一段时日就长出了小苗。又过了一段时间，我去查看，发现牵牛苗已经被除草工人拔得无影无踪了，颇为遗憾。植物是能使人对一个地方发生感情的。搬家后很留恋旧居附近的各种花草，牵牛花和鸭跖草为最。旧居楼下的小巷子里就有很多牵牛，夏天雨后的早晨，那桃红色的牵牛花颜色变得淡了，变成很娇嫩的水粉色，似乎是雨水冲洗出来的，其实这大概是一种变色牵牛吧。巷内还有户人家的玫红色牵牛爬在屋檐下，开得整齐繁密，很适合入画。蓝色的大花牵牛，小区里也有一篱，秋风起的时候它才开，幽蓝明洁，令人想到北京初秋湛蓝高爽的天空。旅行途中偶尔遇见蓝紫色或淡蓝色的牵牛，也特别有韵味。

还在冬天养过牵牛花。有年深秋不知哪里飘来的种子，落到了枯萎的山茶瓦盆里，我在窗子上方系了两根小绳子，任其生长，偶

去年种出玫红色牵牛花，剪了一朵插在家中

尔给它浇一点水。十一月，北京开始供应暖气，屋子里暖如小阳春，牵牛每天都开两三朵紫花。下雪天里，窗内的玻璃上爬着两朵浅紫色牵牛花，窗外积着厚厚的白雪，以白雪为背景而开的牵牛花，应该是很稀有的景致吧。

中国古人除了宋人咏牵牛较多，其他朝代似乎不多。确实，中国人赏花喜欢与人的道德联系在一起。很多人嫌弃牵牛爱攀附的特点，不大看得起它。牵牛很有日本的物哀意味，像樱花那样，都是美丽而短暂的生命。邵雍说牵牛"凋零在槿先"，是比木槿更短暂的生命，木槿能开得一天，牵牛花只得几个小时的生命（我那盆紫牵牛从早晨五点多开到中午）。

日本的文艺作品里有很多涉及牵牛题材的，画作、文学作品，以及电影都有，细田守的动画电影《夏日大作战》里，廊下和屋前摆着的盆盆牵牛花，充满季节的时令感。敕使河原宏的《利休》，开头场景就是清晨的牵牛花。利休的院子里爬满了白色牵牛花，他欣赏完花后，让人把花全部剪掉，只余一朵插在茶室。这是很有名的桥段。这部电影里的插花都极美，导演是日本草月流花道创始人敕使河原苍风的长子敕使河原宏，也是草月流花道的继承人，他在电影《豪姬》中，也展示了插花、茶道之美。

日本艺术家总是很专注四季的更替及大自然的变化，他们的电影或文学作品里，大多是有自然元素参与的，似乎，大自然就是文艺的基础，没有自然元素的参与，这些作品会随之黯然失色。从牵牛花上可见到日本人酷爱自然的本色，这点像极我们的古人，中国古代诗词及文章都极大地说明了中国古人生活的幽趣，他们惜花怜草，热爱自然，赏花饮酒赋诗，郊游饮酒赋诗，入山林饮酒赋诗。民国之后，这样的情趣和文脉就渐渐断了。

民国爱花人也颇多，周瘦鹃是养花名家，老舍种菊有名，梅兰芳爱牵牛花成癖，经常邀友共赏。其中包天笑觉得牵牛饶有韵致，从梅兰芳处讨得花籽，也开始在院中栽种。郑逸梅在《清末民初文坛故事》中写到包天笑晚年居香港后，仍在窗前栽种牵牛："夏日太阳照灼，窗前种牵牛花，藤蔓叶衍，以代疏帘。"于是，我每年也在窗前种一帘牵牛藤蔓。

二〇一七年九月

桂花日记

一

前几日一个早晨，经过前面小区时闻到一股幽幽的桂花香，循着气味，找到楼底一户小花园里的一棵矮小的盆栽桂花树，远远地站着看了一下。大概是到北京以来，第一次闻见桂花香气。

高中时代看谢铁骊的电影《金秋桂花迟》，未必真领略得到它的好处，重新翻出来看，才看到了里面的旧时风物。编剧把几个郁达夫的小说穿在一起，租住小阁楼的一段取自《春风沉醉的晚上》；在街上路遇翁则生取自《烟影》，冯远征演的男主角于文朴，名字来自《烟影》与《东梓关》男主人公；还乡片段取自《茑萝行》，小说里的一句"这原不是你的错，也不是我的错，作孽者是你的父母和我的母亲"，电影原样不动拿来作对白；最后部分翁家山的故事，才是《迟桂花》的故事，由于电影片源尚缺乏没能看到。

《春风沉醉的晚上》里，陈二妹的桌子上，并无安插大束桂花的白瓷瓶，只是一个半旧的铁皮盒子，电影里换成白瓷瓶里的桂花，给一个女工贫乏寒苦的生活增添了一点颜色，精神上也是一种抚慰，令观影者也很愉快。

极其喜欢短短的还乡部分，欢欣干燥的南方秋野之后，文朴的妻子捧出白瓷坛子到院子里收桂花，低矮的桂花树下绕了一圈旧布，桂花落到布上便于收起来。我家乡"打桂花"就是用此法，大树下铺满透明的尼龙纸，大人拿着竹竿站在树下敲打树枝使桂花落下，打完后直接把尼龙纸一拢，倒进筐子，桂花就收好了。早些年可以当收成卖，或送亲戚朋友，留一部分家里用，炊松糕，泡茶，煮汤圆等等。秋天的时候，村子里石板路冰凉，空气里都是桂花浓郁的香气，后来每年中秋想念老家时就会想到这香气。老家的桂花树，最大的是一棵银桂，粗干横斜，大而不高，适宜攀爬，小时经常爬上去。前几年被它主人卖掉了，卖了一万多块，农村很多东西都在毁坏、消失。

二

国庆假期在南方乡居几日，最大的收获当然是饱览了多处的桂花，金桂、银桂、丹桂都见着了。那日刚到达公婆住处的大门口，就见到大门口右边清幽的河畔植了若干棵银桂，并散发出忽浓郁忽清淡的香气。河边还植有几十岁的乌桕、枫杨、皂荚树与梧桐等。

乡下所见的丹桂

刚到达一地，精神上的亢奋并不容易消除，当日下午就跑去看桂花了。偷摘了许多枝桂花，瓶供于床前书桌，是夜在香甜的气味之中睡了一晚好觉。

　　乡居那几日都是风和日暖的天气。到达第二日就跟随公婆进入日出而作、日入而息的生活步伐了。他们杀鸡款待我们，郁达夫诗"冷雨埋春四月初，归来饱食故乡鱼"，我们是归来饱食故乡鸡。有一日清晨，我们起得早，去田间乡路上闲步，乡路上以及路两旁堆满了乡邻刚割回来的稻子，稻子还没有打下来，就那么铺在路上任车压任人踩，盖是此地之打稻方法？我们都不晓得。

　　路边稻草缝里钻出了许多蓝色的牵牛花，幽雅可爱。乡路两旁也多鸭跖草。荒芜的水塘里长满空心莲子草，水塘边上有几棵黄色的洋姜花。农家院子里普遍有晚饭花与指甲花，桂花并不多，偶尔一家院子植有一棵则挂纸牌上书：请勿摘花。行至乡镇内，在乡里最繁华的小街上，仔细看了会林立的店铺，有布店、家具店、日用品店，很多家店仍然保持了供销社时代的建筑与装饰，且民风淳朴，一进店，店内人员就热情地招呼上来，即使不买任何东西，仍然客气。

　　又有一日，我们坐了镇内独有的三轮车去紫蓬山。其中有一段土路，一辆卡车开在我们前面，尘土飞扬，车子一路颠簸，感觉极像是《围城》里坐车去三闾大学的那一段。司机说紫蓬山本是不用门票的,这几日却收门票。于是他载我们到山脚下较偏的一处,说有小路可通往山上寺庙,如此可免十元门票云云。山脚有一农家院,一个男人在院前的小水塘边上杀一只鸡,我们向他问了路。

  从山脚草丛里的一条小路上山,爬到半山,却半路过来两个十分有喜感的制服男,向我们索要门票。因随身只带了十五元,于是我们悻悻而归。慢慢走回山脚下,沿路徒步回家,路上见山前的桂花也开得很好。这一次的经历,倒像是洪尚秀的一个电影片段。

  最后一日,我们去得上派镇的师范学院,院内满是金桂。在金桂丛中徘徊流连了几番就出发去火车站了。乡居几日,闲时虽有,但未免空虚,书是读不下的,毕竟不是自己常态的生活。倒是在回程火车上,好好读了几篇小说。又把《迟桂花》看了一遍。翁则生的一句:"人生是动不得的,稍稍一动,就如滚石下山,变化便要接连不断的簇生出来。"来回读了几遍。

  以上两则,为前年和去年看桂花的日记。因今日白露,气温与昨日相差很大,大约是南方中秋时候的气温,每年一到这样的温度,就很想看桂花。

二〇一一年秋

桂花补记

中秋前的一日,想去花铺上买盆黄菊。在一个铺上购完黄菊、蝴蝶兰、香客来等几种花,才逛到附近的花铺去,忽地闻到一种幽香,极舒服的香气,又很熟悉,像是令人掉进久远的过去,却一时说不上来,忍不住喊了一声:"啊,什么气味!"迟疑了几秒,在快要意识到的时候,花铺老板说:"桂花香呀!"如此惭愧,在北方竟然迟钝到不识桂花气味,是久未闻桂花香,似乎快要忘记这种气味?还是料不到这里会有它,所以想不起来?抑或丹桂和金桂混合的气味太不同?真是辜负了一直以来对它的喜爱。秋天的花草中,桂花总能使人对其特别钟情。我觉得桂花的深永是不会令人感到一点乏味的,每年新秋都想要看它一次,闻一闻那甜润的香味。

但不同的人对桂花的态度也各有不同。我觉得桂花的幽香是很静的,能使人心绪沉静,它的甜香也使人容易产生幸福感。它也十分引动人的乡思,尤能令长年居住在北地的南人起乡思。刘燨元说桂花香能让人悟一点禅。他在《"朝山"归来》中写道:"黄昏时在寺门前蹀躞的老僧的静穆的木屐声,和院中浮来数百年的老桂花的暗香,使我不独得到最初的神秘感,而且在廖(寥)旷的天宇之下,朦胧的夜气里，从这种昏暗，这种香，更感到了音香的空虚，一切的空虚。"

郁达夫却把桂花香气和情欲联系起来。浙江电视台在一九八八年曾拍了一部《迟桂花》的电视剧，制作较为粗糙，里面一句台词的意思却改得好，把郁达夫在书中的原句改作了：桂花的香气使郁先生想起了淑女。电视剧基本按照小说《迟桂花》的主线改编，开头部分有水乐洞、烟霞洞的镜头，这也合乎原著，郁达夫这样写："上水乐洞口去坐下喝了一碗清茶……付过了茶钱，我就顺着上烟霞洞去的石级，一步一步地走上了山去。"

几年前，我很喜欢郁达夫的文章，《迟桂花》《十三夜》《迷羊》及未完稿的《蜃楼》，写黄仲则的《采石矶》等都是喜欢的篇目。我还专门去杭州走了一遍《迟桂花》中主人公去翁家山的路线：自满觉陇慢悠悠走到水乐洞，瞻仰了水乐洞里石壁上的各种题字，再沿着两旁种满桂花的石级走上山，到了烟霞洞。烟霞洞周围也遍植桂花，可想秋天的情境，应会是小说《迟桂花》中所描述的："我一路上走来……却同做梦似的，所闻吸的尽是这种浓艳的气味……"

浙江版电视剧《迟桂花》中的桂花镜头也不少，还意外地给出了一碗桂花茶的特写，而这碗桂花茶，郁达夫写道："我接过来喝了一口，在茶里闻到了一种实在令人欲醉的桂花香气。掀开了茶碗盖，我俯首向碗里一看,果然绿盈盈的茶水里散点着一粒一粒的金黄的花瓣。"然而,这片子不但粗糙,还很庸俗,编了很多幻想中的香艳镜头,但对白略带话剧腔,反而稍微弥补了电视剧过于流俗的不足。演员方面,当然远不及谢铁骊的电影《金秋桂花迟》中的冯远征和于慧。谢铁骊真不愧是电影《红楼梦》的导演,桂花是一种很中国味的植物,《金秋桂花迟》也完全拍出了一种中国味。表达桂花之外,还有很多吃的镜头,如诱人的炒米泡荷包蛋、炒虾子、蒸螃蟹等,中国饮食的丰富及过去中国人好游山的习惯,片子表达得好极了。很喜欢冯远征上翁家山那一段,取景大概是在九溪一带,学生和牛羊下山的情景,完全贴合了郁达夫写的:"我到了四眼井下车,从山下稻田中间的一条石板路走进满觉陇去的时候,太阳已经平西到了三十五度斜角的样子,是牛羊下来,行人归舍的时刻了。在满觉陇的狭路中间,果然遇见了许多中学校远足归来的男女学生队伍。"

郁达夫写杭州也写得极好,不单《迟桂花》,还有小说《十三夜》《蜃楼》,都像散文似的描写了杭州多处的美景,他的小说也极有散文特质,冲淡舒徐。我不但跑了一趟《迟桂花》中的路线,还把《十三夜》中的路线走了一遍。去年八月回杭州,也很想按照小说中所写的,上五云山一趟,但是正赶上连续的下雨天及各种不便,最后劳烦了好友宋乐天,带我上较近的天竺山玩了一趟。

时值八月中旬，离桂花开应还早。我们冒雨游山，也没有特别的目的地，总之是说好中午要上法喜寺吃斋饭的，但这之前，按照乐天的建议，我们先去杭州图书馆的佛学院分馆看看。不料在这途中，遇上了桂花的香味。山雨中的桂花气味，来得特别清馨，我们循香找到桂花树，原来是一棵含苞欲放的银桂所散发的香味。我们一行四人很安静地在雨中享受了一回这早放的桂香。于我，这真是意外的惊喜了，北京的秋天是难得有桂花的，而我每年的几次回南方，也很少在秋天，因而常错过桂花花期，有时竟致好几年都看不到桂花。不想这一年，竟能观赏到将开的桂花，闻到这温静的香气。放翁说，好花如故人，我以前用这句诗说过桃花，但放在桂花上面，也正适宜。

　　自那回买菊花偶遇桂花后，我又把谢铁骊的《金秋桂花迟》重温了一次，于是今年秋天想要看桂花的念头，也愈加强烈了。今年中秋后恰逢国庆长假，打算去杭州看桂花，把这个打算告诉乐天，她告诉我，杭州的桂花已经谢得差不多了。于是我改道去了苏州，想碰一碰运气。到苏州，才发现满城的桂花也已经落尽了，南方的秋天没有桂花，又下着雨，这是很寂寥的。游沧浪亭和网师园的时候，见到了几棵含着第二茬花苞的银桂，花苞较小粒，起码一周后才会开放，但空气中已有隐隐的香气，也令我满足了。

网师园中有精舍以桂命名，叫小山丛桂轩，四壁有雅致的漏窗，轩前轩侧植桂数株，可想花开时，香味从漏窗进来充溢屋子的景况。此后第二天，在拙政园走动时，园中的桂花香味已经比前一天浓一些了。从拙政园出来，在平江路附近的一条街边遇见了一棵小小的丹桂，在花下看了许久。

再一日，游怡园，怡园中和桂花有关的建筑应该是金粟亭，亭子四围种有近二十棵银桂，花苞即将绽放的样子，大概也就一两日后便会开放吧。是日大风，风中到处有桂花香味，我在金粟亭周围的小山上走了好几圈，觉得已经满意了。回到北京三日后，听闻苏州又是满城桂花香了。

二〇一五年十月

北京的桂花

九月中旬看南方朋友拍的桂花照片，就又很想看桂花。之前读到永井荷风的一篇植物小品文，有一节写桂花，只有一句话："令人怀想起中国小说中最为浓艳的一章。"

九月十九日于是去莱太花卉市场，想买一盆秋桂放家里，剪几枝插花瓶。一直想在秋天的时候，折一大枝桂花插在家里的一个绿瓷瓶里，这个瓶子很难插花，只适合细长的花枝，比如栾树的花，桂花。而且桂花插在家里，更有一种静穆平和的气息。在莱太的地下瓷器市场转了一圈，收获一只画了竹子的白瓷胆瓶、一个画了枇杷的小花瓶（看到枇杷也是走不动路了）、一个画了桂花的盏子，可以放零食水果等。然后在二楼的花卉市场找了半天，也没找到一棵秋桂，只有几盆四季桂。四季桂也没怎么开花，只有叶间有一点点零星的花苞。最后没有买到桂花，但有桂花的小盏也好，看上去很适合放石榴。

九月二十日，去中山公园找桂花。几年前看新闻说北京颐和园和中山公园都有桂花。颐和园现在也有桂花盆栽，只是不知道中山公园是否还有。中山公园以前去过一次，那次匆匆走过，也没仔细游玩,来今雨轩这些比较有名的地方也没去过。在中山公园门口问售票员有没有桂花,她说没有。我进去一看,觉得也不太对头,风里没有桂花香。大花坛里布置着矮牵牛、小菊花、三角梅等,没有桂花盆栽。来了也就随便走走。

中山公园大概是全北京最安静的公园了,东边的水榭很少人,水榭下方是个荷花池,这个季节还有碧绿的荷叶可看。爬上水榭东侧的小坡,向来今雨轩走去,碰到几个工人在布置花坛,就打听园里有没有桂花。他说,桂花还没来,国庆前后才来,但也只有几盆。听了非常失望,因为以前看新闻说,中山公园是有桂花展的。到了来今雨轩外,问人才知道,园子关闭已经三四年了,不对外开放。公园内很多屋子的玻璃大窗里都下着白纱帘,有种略带神秘又家常的气息。

叶圣陶的一九四九年日记大概有六七次写到去中山公园,开会、会客、吃饭、散步等。其间写到不少中山公园的花事:

> 四月三日,三时偕彬然、云彬游中山公园,墨以身子疲乏,未往。园中杏花、李花方开,碧桃亦将放。牡丹已茁芽,芍药方透土。柳色则全绿矣。坐露天吃茶,风狂肆,不能久坐。

> 四月十六日,下午二时,至中山公园……与云、墨周游园

中。碧桃盛放。牡丹之花蕾已如小胡桃大。芍药之嫩芽亦怒茁。

九月二十七日，我去颐和园看桂花。从地铁站出来，西望就看到西山。好几个月没见山，忽然望见山，觉得很快乐。到得北宫门大门口就见两盆大金桂盆栽，风过处阵阵桂花香，北京的空气里有桂花味是很难得的事。北宫门进门过苏州街河面上的桥就是万寿山后山，有年五月来也是进北宫门，直接爬万寿山，一口气到山顶，看到某处开着一树又好又香的太平花。之后俯瞰昆明湖，也是很愉快的经验。这次我并不爬山，因为知道桂花在东宫门，于是就沿着万寿山山脚，从后山向东的小路绕过去。沿着山脚的小河边慢慢散步，林间有清越的秋虫声，松间乌鸦叫声如人声，"啊——啊——啊——"不停。这条小路非常清静，很少碰到人，河边的枫树、山桃树、柳树的树枝垂在水面上。经过眺远斋，廊柱油漆已经斑驳，褪色的油漆几近淡红，那种颜色让人想到李翰祥拍的清朝。后廊对着围墙，围墙外就是马路，可以看见公车开过。如果在古代，这是了解外面世界的好处所。喜欢眺远斋陈旧幽静的气息，屋子前有松林，屋后一排白杨树，大风吹过，树叶发出轰鸣，像海浪声。

这条山脚往东的小路，沈从文好像写过，他写："有条曲折小山路，清静幽僻，最宜散步。还有好几条形式不同的白石桥和新近修理的赤栏木板桥，湖水曲折地从桥下通过，划船时极有意思。"我想山的另一边，就是万寿山山脚往西的小路，那条路上对着眺远斋的应该就是汪曾祺写过的藻鉴堂。汪先生写过一篇《藻鉴堂》，但这文章里没有写桂花。他在《北京的秋花》里也提到藻鉴堂，并写到了桂花："北京的桂花不多，且无大树。颐和园有几棵，没什么人注意。我曾在藻鉴堂小住，楼道里有两棵桂花，是种在盆里的，不到一人高！"写出了北京桂花的特点。

往东走十几步，就是著名的谐趣园了。里面有挺大的荷花池。荷花池边绕着长廊。长廊边的屋子的窗户，也下着褶皱很密集的白纱帘。沈从文写谐趣园有很大一段："谐趣园主要部分是一个荷花池子，绕着池子有一组长廊和建筑。那个荷花池子，夏天荷花盛开时，真是又香又好看……夏六月天雨后放晴时，树林间的鸟雀欢呼飞鸣，更是一种活泼微型机。地方背风向阳处，长年有竹子生长。由后湖引来的一股活水，到此下坠五米，因此做成小小瀑布，夏天水发时，水声哗哗，对于久住北方平地的人，看到这些事物引起的情感，很显然都是新的。"

从谐趣园往东走一小段，拐弯就是德和园戏院边的胡同，这胡同内种着高大森然的柏树。因为离东宫门已经很近了，很大的风吹过，风中闻得见桂花的香味，时浓时淡的，这感觉真是新鲜，桂花

插在家中玄关的桂花

味的北京的风！觉得这风里的桂花气味真像某一段音乐，悠扬地袅袅送来。有这样的错觉，大概是因为这桂花的气味和音乐带来的愉悦感是等值的。这大概是来颐和园数次中最美妙的一次体验，没有看到桂花，只远远闻到袅袅的香味，就觉得很愉快。甚至比看见桂花时要愉快得多。果然，在东宫门看到二十几盆桂花，只是觉得，北方的桂花确实可怜，只能长在盆里，枝叶无法舒展，没有好的姿态。尽管如此，也很开心了。

九月二十八日上午去菜市，看到菜市的花铺居然有几盆桂花，都高过一百二十厘米。有两盆似乎是丹桂，但颜色不是很红。和老板讲好价格后先提菜回家，再骑车出来带一盆丹桂回家。这盆桂花开得已经很饱满了，放在家里使屋子充盈着香气，我在一屋子的桂花香气里做完清洁，然后把花移到大盆里，摆在冰箱边的置物架旁，再剪几朵插瓶，床头柜放一瓶，插的是画了枇杷的小瓶子，连夜里睡觉都有淡淡的桂花味。书桌上也放一瓶，插在白色瓷瓶里。玄关鞋柜上也放一瓶，插在绿瓷瓶里，拿到光线好的南窗边拍照，映照着窗外的牵牛花，这个秋天算是满意了。

二〇一六年九月

到北海去

进入九月几天后,北京下了两天雨,空气变得寒凉清透,放晴后,高而湛蓝的天空,飘着淡而洁净的白云。太阳的光线也不一样了,是柔和的金黄色。这样秋光满地的时候,忍不住要出去走走。近且宜于散步的地方,自然要数北海。这一季北海上的荷花应是没有凋谢完的,初秋里看看残荷,也是很好的消遣。

从北门入园,向东过一道小桥就是北海的东岸了。东岸的散步道一直通到琼华岛,这条路有三四里的样子,开端处五十米左右的两旁,是高大的白杨,之后的一长段路,两旁是有年头的国槐。

这条长达三四里的槐树之路,朱湘的《北海纪游》写过:"那里面有一条槐树的路,长约四里,路旁是两行高而且大的槐树,倚傍着小山,山外便是海水了;每当夕阳西下清风徐来的时候,到这槐荫之路上来散步,仰望是一片凉润的青碧,旁视是一片渺茫的波浪,波上有黄白各色的小艇往来其间,衬着水边的芦荻,路上的小红桥,枝叶之间偶尔瞧得见白塔高耸在远方,与它的赭色的塔门,黄金的塔尖,这条槐路的景致也可说是兼有清幽与富丽之美了。"朱湘说路倚傍小山,山外便是海水,大概说的是路左边(路西)的一段景致。

现今这路边的小山依然还在，春天天气好的早晨，阳光投到小山上一大棵开花的山桃树上，山桃树一半为槐荫所遮，一半为阳光照耀，于是就半树明花半树暗花，极好看。花树下常有紫花地丁或早开堇菜。但这左侧的小山也只有一小段，很长一段路旁槐荫下，则是各种花圃或游船码头。花圃里有几片地种芍药，春时花开姹紫嫣红，便增添了这条路的富丽。

而东岸一带的右侧（路东），从濠濮间起至东门，一路都是小山岗。濠濮间在小山后面，游人极少，是很幽静的处所，通向小园的曲径两旁是叠石假山，假山之间竖着一座石门，门内是一座石桥，曲折通向濠濮间的凉亭。桥下有一个小池，种了睡莲、荇菜。凉亭有对联："半山晨气林烟沺，一枕松声涧水鸣。"从亭后的爬山游廊走上小山岗，目及处都是松树、柏树、杉树，树间有乌鸦啼叫。乌鸦大概喜欢幽暗之处，较为明亮的槐树道上的槐荫里留它不住，专爱在这幽暗的松杉林间穿梭，而它的叫声也总有凄凉之感，适合秋与冬。

无论是这小山岗上的石板路，或是小山前的槐荫之道，都是极好的散步的地方。小山岗上有一片杉林，林中错落几座木柱子的古亭，亭间有打快板的，有拉京胡的，有闲聊的；林间有老人在气定神闲地打太极，有玩空竹的，觉得这一带是北海富有市民生活趣味的地方。幽林中避开了广场舞的嘈杂,只有一些趋于安静的娱乐,这是我特别喜欢的北海的一面。说到市民趣味,再如,槐荫道上有人踢毽子,有人提着几袋子点心慢悠悠地踱着步回家,这些也都是极具市民生活气息的,让人联想到王世襄或邓云乡笔下旧时北平的生活,那种平和的气质和悠闲的态度,从这里面可窥一二。

翻叶圣陶日记时,看到几节记录北平生活的,也有提到北海:

> 六月三日。夜间,北海公园放焰火,与同人往看之。游人甚拥挤。得座头于漪澜堂侧,放焰火处在海中,正为正面,占地甚好。九时始,先放花炮,继之焰火,亦寻常。十时半始毕。北海看月最宜,满月之夜宜来一游。

> 八月九日。墨与周夫人夜游北海公园。今日为中元节,年例游人于园中池上放荷花灯。但今年无之,仅见游人拥挤不堪耳。

从这两段日记中也可见北海富有市民生活趣味。而中元节在北海水面放河灯,好像三十年代就开始了,有书载每逢七月十五日,北海公园都要举行"盂兰大会",水面上大放河灯,是夜,南起双红榭,北至五龙亭,都荡漾着千灯万火。邓云乡的《太液好风光》里,就专门有一节写北海放河灯的盛况："当时放河灯、烧法船的区域是在五龙亭和漪澜堂中间的水面上,大家都想拥到漪澜堂、道宁斋前面去看,我们也随着人流往前拥,但是要到漪澜堂栏杆边谈何容易。"漪澜堂的位置,在北海的中心——华琼环岛北面的山下,就是现在的"仿膳"饭庄。"仿膳"的饭菜以仿清宫御膳而知名。餐厅现在生意也颇好,门口常年摆着点心出售,味道不坏,价稍贵,一盒小点心大概三十元。漪澜堂留下不少文人墨客的脚印,鲁迅日记亦有三次写到北海,其中某年八月九日日记说:"上午得黄鹏基、石珉、仲芸、有麟信,约今晚在漪澜堂饯行。晚赴漪澜堂。"

漪澜堂东边不远处,从陟山桥至南边的永安桥之间的水面上,种有几亩荷花,这时节荷叶还是青绿的,没有变焦黄,荷叶之上举着高高低低的莲蓬,大多已经变黑,烂掉了,想来落到水里,来年会有更繁密的新荷吧。还有些残荷,开着粉红或桃红的大花,高立或深藏于清圆的荷叶间,清艳可人。荷叶美极了,背着太阳光,叶片的脉络都一清二楚。我真想摘一枚荷叶来熬粥喝啊。杭州西湖如今还有莲市,不知道什么原因,北京水域上生产的荷叶、莲蓬已经不再买卖。邓云乡写三十年代新莲上市时,漪澜堂、五龙亭卖莲蓬,十枚一把,五角钱,合几斤猪肉的价格,不算便宜,但东西是真好,其清香鲜嫩是无法形容的。他又说:"不说别的,就在岸边上买了一把新采的莲蓬，在船里，一边划船，一边剥了吃，这样的清福，一般人能想象到吗？"

看张恨水文章了解到，当时北海上的荷花种植面积很广阔，一片湖水被荷叶盖成了一碧万顷的绿田，人们划船就在绿田的水道中划，船可以贴近荷叶，人们还可以嗅着荷花沁人心脾的清香。张恨水也是北海的常客，喜欢去五龙亭的茶社喝茶，他说："座前就是荷叶，碰巧就有两朵荷花，开得好。最妙的还是有一丛水苇子直伸到脚下。"可见其时荷花种植面积之大。如今五龙亭一带只有越来越拥挤的游船罢了。张恨水有言，初秋的北海，是黄金时代。深以为然。有年初秋，我来北海看菊展，看过菊展爬了一回琼岛上的山，树荫下常有一些开着紫色花的青杞，这种茄科植物的植株很像龙葵，但是龙葵开白花，这植物，除了在北海，我没在别的地方见过。山下还有棵海州常山，爬山看花之后，我就坐在荷塘边的椅子上，吹吹秋风，看看绿水与残荷，可以体会到故都秋天的娴静。

二〇一五年十月

碧云寺

近来北京天气已有薄薄的秋意了，傍晚的窗前，有凉风舒徐送来。夏居久不见山，西山是非去不可了。去了香山。香山东门通往香山寺遗址的一带甬道，松与杏夹道，春天时松暗杏明，十分壮观。有一段斜坡，皆植杏树，春来繁华烂漫，香气四溢，《帝京景物略》中记载："香山，源杏花香。"难得这记载到现今还有迹可寻。

居京多年，碧云寺还是第一次游。一是从东郊跑到西山实不易，二是京中公交之挤，到了北宫门至香山这一段路，算得是京中一最了。但每读到周作人的《山中杂信》，还是觉得碧云寺不可不看。一九二〇年底，周作人突患肋膜炎，一九二一年春住院治疗后仍未痊愈，八道湾又不适于疗养，鲁迅亲自去西山碧云寺找到休养的房间，周作人于是年六月二日去碧云寺养病，住般若堂。

孙郁在《鲁迅与周作人》中写道："我翻看他在西山养病时写的小品，很惊异于他的大彻后的清雅肃寂。以往厉言正色的论述一时隐去了，乐观的理性勾勒也无迹可寻。在他那儿，猛然间冒出那么多感伤而冷静的咏叹，仿佛一时之间得到了仙风道骨、谈吐间多佛道之气。我似乎一下子看到了他精神的底色。《山中杂信》如同天上来文,清悠悠的文体里,散发着妙理奇言。《山中杂信》中更有佛的声音,隐隐地像缓缓的闷雷,在文字的背后响动着。"游碧云寺时,我只一味地去对照《山中杂信》所提到的地点,作很粗略的游览。

进得山门后先过一座悬空石桥,从桥上望下去才觉位置之高——一直以为碧云寺山门在平地之上,桥上一望才知确在山上。山门殿的哼哈二将较其形象,名字更有趣可亲。山门殿后下边的院子里有翠竹,地上有薄青苔。第一进山门殿与第二进弥勒佛堂之间的院落里古树参天,左为银杏,右为槐树。周作人在九月三日写给孙伏园的信中说:"我的行踪既然推广到了寺外,寺内各处也都已走到,只剩下可以听松涛的有名的塔上不曾去。但是我平常散步,总只在御诗碑的左近或弥勒佛前面的路上。"文中所说的弥勒佛前面的路上,大概是双树院落的石级上去,弥勒佛堂前的一段。此次游寺是从山门殿后右边的院落往上参观,兼顾中轴线,直至最高点,再右左边院落往下走。

参观寺院,一向更喜欢先看厢房。从前的寺院厢房是寺院中最日常、最有烟火气之地,《西厢记》《玉簪记》《望江亭》《玉蜻蜓》等戏文中才子佳人的故事都发生在寺院、庵堂、道观中的厢房。现在的名刹古寺变成观光之地,是不可能留游客住宿的。倒是偏僻山中的寺庙,如今还可住宿。家山也有几座寺庙是可以留香客住的,备了很多房间，但如今的香客多半也没这样的雅兴，环山公路造到寺前，车来车走，寺院中房间布满灰尘。记得老家的"上庵"，在八十年代有很多住客，要住庵只需取得庙祝的同意，所以被子女遗弃的孤寡老人有之，逃避计划生育的有之。庵中香火也盛，常有佛事，每逢佛事，村中妇女赶来在厢房的厨房做素菜，与荤菜较为接近的素菜有豆腐鲞，饭香悠远，我经常被吸引来蹭斋饭。

碧云寺厢房含青斋，为清代增建的行宫，院内叠石为池，有"云容水态"之称。但如今池内干涸，唯五叶地锦蔓延了叠石，而周围红墙颜色掉得斑驳古旧，景色荒凉。据说这含青斋也是寺内可以住宿的院落之一，另一处就是西边与之相应的禅堂院。含青斋后边几间厢房看样子确是可以住人的。

寺内比较出名的一处为水泉院。水泉院依就山势叠筑山石，修建亭台池桥，柏树在绝壁石缝里生长。庭院的深和周边的静，显得很特别，尤其近晚了，天色被参天大树遮挡，整个庭院隐在暗中，池内水声潺潺，树巅蝉鸣阵阵，远处山间传来乌鸦的叫声。周作人七月十七日信中又一段："我的行踪，近来已经推广到东边的'水泉'。这地方确是还好，我于每天清早，没有游客的时候，去徜徉一会，赏鉴那山水之美。"

从水泉院左边上去，便是石牌坊，粗粗地看一会，还有其后的两座御制金刚宝座塔碑亭。而后从西边下去，就是罗汉堂了。因近静园时间，我下去时罗汉堂的大门是关着的，只看了看整体的殿宇与院子，很具明朝风格。院内空寂，倒让人想起胡金铨《空山灵雨》中的寺院——韩国的三宝寺，胡导演是个明朝控，所以电影明朝气氛很足。而这罗汉堂的外廊和空旷的院内也实在适于打斗。罗汉堂下方石级下的花圃里种了白紫两色的桔梗及沙参。

碧云寺自元代创建，本名"碧云庵"，在明代扩建多次，罗汉堂是乾隆时对碧云寺进行大规模修建时而增建的，由于对原有建筑无较大变动，因此该寺建筑和文物基本保留了明代风格。

罗汉堂下去，就是禅堂院，周作人《一个乡民的死》中写道："我住着的房屋后面，广阔的院子中间，有一座罗汉堂……"由此推测这禅堂院即是周作人所住的般若堂。可惜我下来的时候禅堂院的院门已锁上，只能看到后进的殿宇。这殿宇的廊下颇宽，确实也适宜晒香椿干。周作人给孙伏园第一封信中就写："般若堂里住着几个和尚们，买了许多香椿干，摊在芦席上晒着，这两天的雨不但使它不能干燥，反使它更加潮湿。每从玻璃望去，看见廊下摊着湿漉漉的深绿的香椿干，总觉得对于这班和尚们心里很是抱歉似的，——虽然下雨并不是我的缘故。"接着写道："般若堂里早晚都有和尚做功课，但我觉得并不烦扰，而且于我似乎还有一种清醒的力量。清早和黄昏时候的清澈的磬声,仿佛催促我们无所信仰,无所归依的人,拣定一条道路精进向前。"六月十九日信:"……般若堂里的空气,近来很是长闲逸豫,令人平矜释躁。"

从禅堂院后边的院子出来便是大殿,中山纪念馆我就不看了,直接走出去,便又到了弥勒佛堂。但弥勒佛堂后与大殿中间的院子西边有一排厢房,也是禅堂院厢房的一部分,如今做了办公室,或许就有周作人当年住过的一间。

二〇一一年秋

山茶、蜡梅、水仙

归庄在《看寒花记》中说:"因思寒花惟晚菊、蜡梅、天竹、水仙数种。今皆得之,少山茶耳。谁能乞我一枝,不惜以翰墨酬之。"他认为的寒花是晚菊、南天竹、水仙、蜡梅、山茶。《看寒花记》就是他一个月中出门寻这些寒花的日记,生动鲜活。他爱惜书斋前的南天竹,以防鸟雀啄食,说要在果子上面套个网,还曾对着它饮酒;他也在蜡梅花前与其对酌,微醉折水仙而归,半夜醒来想到还没来得及欣赏折回来的瓶中水仙,披衣而起对花独酌,云对影成四人。花痴如此,真是有趣。

抄《看寒花记》后,夜里竟梦到山茶——山里一户庭院里有山茶一树,高及屋檐,得数朵大花,垂在黑瓦边,光彩熠熠。我举着相机很想将它拍下,可是怎么也拍不好,直到醒来。不管如何,这是个安宁的美梦。但梦中的那几朵山茶,真是妖艳,像夏目漱石所说,看见深山里的山茶,就联想起妖女的形象来:"像一团火,蓦然燃烧起来,其后而来的便是凄清。再没有比这更迷惑人的花了。"也许梦境中的山茶,比现实里的山茶要迷惑人一些。

我见过的山茶,大红或粉红,一律鲜丽精致,百看不厌。老家镇上，在瓯江边有罗浮二山，名为龟与蛇，是据其形而命名，蛇山上有一古庙，四围林木荣茂，林内很幽暗，有一道长长的石级通向古庙，石级两旁各种着一排两三米高的山茶树，开着数不清的红色花。我冬天回南，都要到此散步，看这些山茶花。镇上道边绿化带也多植山茶、茶梅，有一种单瓣的精致优美，应该是浙江山茶。去某园林看梅花时，看到一种杂培山茶，红色与白色相杂——不自然的事物，看上去总是有些怪异。

山茶开的时候，也是家乡山野白山茶和茶花开的时候。朱天文写她妈妈喜欢白茶花："我不会忘记茶花开时，妈妈把插好的花瓶摆在饭桌上，与一碟碟残肴在一起的白茶花——那就是我的妈妈呀。"

小时住山里，山里没有人家种蜡梅，很晚才认识蜡梅。而南天竹，种的人家比较多，我家院边的菜园里就有一丛，但很少看到它的红果子。山中多鸟雀，大概常常果子还没熟，就被鸟雀啄光了，只留一穗穗的残枝，冬天的时候唯有一丛红叶可看。山家种南天竹为的不是观赏，而为实用，因为乡里的风俗，它的枝叶是年节点心和年糕上所必需的装饰。我也因此对它多生一层好感，觉得它的叶子似乎都有年糕香。后来才晓得它有如此美丽的红果子，折来插瓶也十分古雅耐看。

第一次看到蜡梅，是在北京卧佛寺，那里的蜡梅大约算是北方冬天里一个温暖的念想。有年腊月里看新闻说，卧佛寺的蜡梅开了，便心心念念想要跑去西山看，仿佛有一个明媚的春天等着我去游赏似的。事实上卧佛寺的蜡梅本小，又开得疏朗，京郊风大，花朵似蒙了尘土，但仍有寒香，因为是古寺中的蜡梅，所以总觉意态静穆。

古刹中的蜡梅，格外令人有念想的，还有永嘉东蒙山道观中的蜡梅。去冬爬东蒙山，入道观游览，惊见餐霞洞旁有一树繁密的黄花，冷香沉沉。此地蜡梅甚少，更何况在这样清幽的山上道观里。初远看以为是山鸡椒，因为山上种花太多，已习以为常，走近闻到香气才知是蜡梅。在山寺偶遇蜡梅的感觉无论如何与在公园遇到的不同。这东蒙山，俗称乌牛纂，倒是像公园一样平常。可以把爬山融进日常生活的，正是这样的山。

冬天里明丽的花都是令人欣慰的。有一年去温州城的医院看病，看完后心怀忧虑，过永宁巷，步行去渡船码头坐船回对岸的永嘉。永宁巷是温州城中的古巷，是个老社区，老房子保存较好，大多建于清代。这些老房子门前种满茂盛碧绿的盆栽，晾晒绳上挂着空衣架。有的老店铺改作住家，卸式木门拿了下来，室内陈设一览无余：饭桌置于堂中间，靠墙的桌上放着微波炉，微波炉边放电饭煲。路过的人家传出越剧唱段，或是电视里八七年版《红楼梦》字正腔圆的对白声，街角老人围坐着听温州鼓词……边走边看的当儿，忽地

粉色山茶

闻到一阵幽香，令人欣慰的气味，循香看到一家的高墙上方探出半树蜡梅，在太阳下辉煌至极，那一瞬间我的确是忘记了心中的忧虑。要说日常生活的作用，大概就在于此吧，我们即使身在病中，仍然不能不关心日常生活，只有照旧过着日常生活，才会觉得病中的日子更容易过去。这户种蜡梅的民居前的红对联是：春风大雅能容物，秋水文章不染尘。

过年也经常看到蜡梅。每年回合肥婆家过年，都能看到一位邻居老人的蜡梅盆栽，此外他还种了南天竹、茶梅、月季等，庭院里冬天都有花可赏。屋前还开辟了小池养睡莲，池子边长满酢浆草。去年老人已经去世，屋前花草也荒废了。听说在他去世前，他家发生了很悲哀的家变。上天并不会因为你年纪大了而优待你。上次回去看到那棵盆栽蜡梅，几近干枯，让人感到人事变迁的伤感。婆家住在一所由古宅改建的中学校里，园子里有几棵梅花，粉色三本，白色两本，立春前后开花，这是我每年去合肥过年的最大动力，因为在合肥过年实在冷啊。虽然年年看，但每年立春都希望能看到梅花。蜡梅也好，梅花也好，都是灿烂长新的事物。

梅·萨藤的《独居日记》里，在寒冷的季节，写的最多的寒花是水仙。她写道："醒来后瞧见太阳照在一朵水仙花上。我把一扎水仙和紫郁金香搁在写字桌上，此刻醒来光线正照着一枝水仙，一束光柱投在黄色的花萼和外缘的花瓣上。经历了糟糕的一夜后，这情景使我为之振作，又来了精神。"这段让我想起有一年冬天我也养过很好的水仙。那年秋天购来两只水仙球茎，扔在阳台的空瓦盆里，十二月中旬下水，此后每日换水，置于日光充足的窗台上，二十天便结出花苞。之后渐渐绽放，散出清香。那时我也因为某种原因四处奔走，有天凌晨四点就出门，晚上归来已暮色沉沉，那天回到家中，觉得很劳累，而晚归回来的最大安慰是看到案上水仙花繁叶碧，幽香盈室。那盆水仙开得特别好，天气晴朗的时候，人坐在封闭的阳台晒太阳，晒得很热，渐渐犯困，就会看看也在晒太阳的水仙花，便觉得暖春就在眼前。

熊梦祥诗说："古寺竹深禅榻静，晴窗花落砚池香。"一厢情愿地觉得这落花应该是水仙花。水仙多供于书案，大概只有水仙花落到墨里，香气才盖得过墨香吧。梅·萨藤说水仙花的清香，间有柠檬和某种甜丝丝的，更多的是热带植物的馨香，水仙的气味确实是冬天里良好的安慰。北方冬天的室内生活，要有水仙和一盆山茶，就会有意思很多。今年冬天我在书桌上养了一盆仙客来，这也是梅·萨藤写过的花。我这盆是白色的花，开得繁密时，有十多朵花，像很多白鹤在起舞，很喜欢仙客来若有若无的香味，嗅不到时会刻意去寻香，闻到的一瞬间就觉得很愉快。

我的寒花谱里,是没有晚菊的,我只在秋天养过菊花,没有在冬天养过。降旗康男的《冬之华》里,有一个白雪覆晚菊的镜头,清寒寂寥,觉得雪天的黄菊和德富芦花笔下的月下白菊一样美好。常在电影里看到白菊插在瓷瓶,但在中国的现实生活中,我终是不敢买,有次我想买一把来插瓶,店员说,插在家中,还是不要了吧。白菊成了哀悼的象征。从前街市上有人挑担卖花,也有菊花担,许地山写菊花担有一种丰腴的美感:"道旁放着一担菊花,卖花人站在一家门口与淡妆的女郎讲价。不提防担里的黄花教羊吃了好几棵,那人索性将两棵带泥丸的菊花向羊群猛掷过去,口里骂,'你等死底羊孙子。'可也没奈何。吃剩的花散布在道上,也教车轮碾碎了。"

二〇一五年冬

电影植物笔记

山田洋次的柿子树与映山红

前段时间在补全山田洋次的《寅次郎的故事》,喜欢山田洋次的话,这个故事系列是不能不看的。何其幸运我们拥有这样的导演——这句话还可以用来说系列故事中的演员渥美清、笠智众、志村乔等人。而志村乔,是宜于秋天的,像导演在片子中屡屡呈现的秋天的柿子树,肃然、萧瑟。而他出现的几集,季节都是秋天,也都有柿子树出现。

寅次郎系列故事基本是每年拍两集,所以片子总是在春夏和秋冬间替换。秋天时,山田导演很喜欢拍柿子树,各种各样姿态的柿子树出现在路途的山野,或乱坟堆之上,或是旧宅院墙上和庭院里、水边。这些柿子树看起来都很萧瑟寂寞,和黄昏时分的墓地,夕阳中的乌鸦叫声,日暮寺院的钟声,异乡的轮船汽笛声,以及异乡清冷的早晨和黄昏一样,使在旅途上飘荡的人觉到很深的旅愁,令人心中怆然。也难怪寅次郎回到家时会对家人说:"在遥远的旅途中,太阳徐徐落下,远处寺院传来'咣——'撞钟的声音,这时候我会想,樱花阿博,叔叔婶婶在做什么呢?"他也会写信给家里说:"最近在旅途总感觉寂寞,可能近秋天了,我躺在河边的墓地上,看着红蜻蜓从蓝天飞过,我在想,这次我回到故乡柴又,要好好休息。"

而关于寺院的钟声,在某集中,身患重病生命将尽的女主角对寅次郎说:"深秋时节,寺院钟声响起时令人觉得孤单,想着这悲伤的季节何时才能过去。"阿寅说:"等熬过冬天就好了,到时候江户川边的蒲公英和紫花地丁之类的花'啪'地就开放了。"可是秋天还没过完,她就去世了。轮船汽笛声听起来也让人怅惘孤单,在第二十九集的《紫阳花之恋》里有出现过。这也一直是我从小的体验,温州瓯江上常鸣轮船汽笛,周日下午我从家里返回学校的路上,每次听到汽笛声,也总觉很惆怅。

关于柿子树,在某集中,吉永小百合演的歌子对阿寅说她的丈夫:"前院有棵大柿子树,那棵树结的果子特别甜,他说,让歌子第一个先吃。结果那树的果子还没熟,他就去世了。"山田导演大约觉得这段对话里用柿子树是最恰当的。在寅次郎系列里,秋天的最佳代表就是柿子树了,当然在秋天的路途中,他也拍别的植物,经常出现的还有翠菊、菊花、雁来红、橘子树、桔梗、银杏、枫树、八角金盘等,路旁也偶有鸡冠和秋英出现在视野。

也出现过龙胆花。那是我很喜欢的第八集,是志村乔演的阿博(寅次郎妹夫)的父亲,他在院子里种了一种龙胆花。在阿博母亲的葬礼后,阿寅住下来陪阿博孤单的父亲。他和阿寅有段关于龙胆花的对话，其时阿寅哼着一首小曲："啊，有谁不想故乡。"唱完，阿寅说，先生，我是无儿无女一身轻啊。志村乔演的阿博父亲说："阿寅你说无儿无女一身轻吗？想起一件十年前的事。我去信州某处旅行，一个人走在农村的土道上，太阳落山了。记得有所农家的房子孤零零坐落在那儿，庭院里开满了龙胆花，很漂亮，我看到明亮的起居室内一家人正在吃饭，可能还有没来吃饭的孩子。我听到母亲喊着孩子的名字。那情景现在想起来历历在目……庭院里开满了龙胆花，明亮的起居室里一家人在吃饭的热闹情景，我突然觉得这才是真正的生活呀。当时我忽然忍不住热泪盈眶啊。"末了，他对阿寅说，人是不能一个人生活的，是不可违背人生，不可以违背命运的。若不及早醒悟，会断送一生幸福。这大概是山田导演自己的家庭观吧。

他善于拍人生、家庭之苦，也善于拍家庭的幸福。比如寅次郎每次在秋天回家，一家人围坐在桌前说话或吃饭，桌上摆满橘子、红薯；或是婶婶在厨房，说话间，把吃的，比如蛋糕、栗子等，一盘一盘递上来，有时候他们会感叹，不知不觉又到了吃火锅的季节啊。这种温馨的家庭气氛，让我很想吃寅屋卖的糯米团子啊。而这时候，街上会响起卖豆腐的哨子声，这种声音听起来也让人觉得有家的温暖（这哨子声也常出现在小津和成濑的电影里）。

志村乔还出现在第二十二集的秋天，这集里，老人的暮年气很重，有种人之将死的意味。他一个人去旅行，坐在窗外有柿子树的旅馆房间内。这次，他和寅次郎提到的则是《今昔物语》里一则很悲伤的故事。而这集之后，阿博父亲角色的出现，已经是很多年后的秋天，但只是作为一座墓碑出现，就是第三十二集中，阿博的父亲已经去世三年，家族来扫墓并举行佛事。即便是如此，他（志村乔）只是作为一座墓碑出现，令这集的基调有了小津电影肃穆的味道。此集拍摄于一九八三年，而电影之外，志村乔已于一九八二年辞世。如果这集和第八集连起来看，可以说是一部长篇了，葬礼，扫墓，佛事，生生死死，龙胆花与柿子树。这两集质量非常高。

　　第二十二集的最后一幕，是衣服晾在竹竿的镜头，应该是致敬小津吧。这集里，阿博家的聚会也很像小津电影，大哥在怀念着过去，说夏天的时候在鸣蝉声中，爷爷穿着短裤去游泳。大家感叹时代不同了，一开窗就是高速公路让人受不了。"啊，蟋蟀在叫。""真静啊。"家族聚会中有此类让人听起来很惬意的对话。二十二集中还有一个亮点是，出现了我很喜欢的中井贵一，他是寅次郎口中的美男子弟弟。片子中他喜欢玩摄影，他的摄影理论是："雨一停，太阳出来的一瞬间，是按快门的最佳时间，树叶沾着雨滴，闪闪发光。"

　　也喜欢第四十集的秋天，这集可算是日本文学之旅，浸染秋色的信州山野非常漂亮，这集里有角色吟诵的很多俳句，还有岛崎藤村写信州的《千曲川旅情之歌》中的诗句"小诸古城外，白云悠悠游子哀"，"柔波千曲川，游子夜投傍岸宿；浊酒亦可酌，聊以慰我旅中愁"。寅次郎在信州投宿在孤身老人家中，此情节不知道是不是导演根据岛崎诗句有意编排的。这段太好了，重病将死的老人不得已离家去住院，离开前，老人深情地望着家园告别，啊，这是最后一面了吧，她流下了诀别的泪水。秋风吹着树叶扑簌簌落下。

每一集的秋天过后，就是新年了。阿寅总是在新年来临之前开始新的旅途，他总说："这正是我们小商贩该忙的时候，一年中生意最好的时候，不能在家里过。"听起来也很伤感。然后镜头切换，寅屋的家里是一派新年的气氛，门前插着松枝，佛龛前供着镜饼和橘子，卷轴前也插着应季的花，秋天通常是菊花，春天是鸢尾，夏天为百合之类的。而遥远的他乡，是阿寅叫卖着商品，或是漂泊在路上的情景。记得第三十集，女主角是令人如沐春风的田中裕子，秋天过后，新年到来，寅次郎漂泊在温泉乡，烟雾缭绕的小城里，寒冷中，梅花开了，令人觉得特别清冷。

若说山田导演在秋天喜欢拍柿子树，那么在春天，他喜欢拍红色杜鹃花——映山红，映山红是很有故乡情味的花。柿子树象征旅途的漂泊，反之，映山红就代表回到故乡。第二十三集中，阿寅有次借口回家就说:"我想看看院子里的杜鹃花开了没有。"映山红也常出现在寅次郎旅行途中的山野上,并且伴有布谷鸟的叫声。山田导演真是喜欢布谷鸟声,记得在《黄昏清兵卫》中,也有两次出现布谷鸟鸣叫(河边打斗与钓鱼)。《黄昏清兵卫》中也有杜鹃花,那是贫穷的武士庭院中的紫色杜鹃花,有春气萌动的感觉。寅次郎在路过杜鹃花的山野时,此时的家中,妹妹樱花举着一簇映山红和叔叔说话,叔叔则摘着篮子里的艾蒿。第二十九集里,樱花举着映山红和叔叔感叹着:"江户川边已经采不到艾蒿了,从前江边满是艾蒿。"与之对应的,也确实有过采艾草的场景,是更早前的第七集中,花子和婶婶在江边采艾草,令人感到春天的柔润气息。

春天的时候,柴又帝释天参道两边的商店门口都装饰着假樱花枝,夏天则是假柳枝,秋天是假枫叶枝条。商店街上有卖竹竿的小贩,还有背着一竹篓的花叫卖的婆婆,寅屋的人也常在卖花婆婆那里买花,也买艾草。某一集中的艾草就是从卖花婆婆的花篓上买的,大概店里会做艾草团子吧,想到颜色碧绿的艾草团子,就想起家乡的清明饼。题经寺的大师也给他们家送过艾草和杜鹃花,樱花曾有台词:"大师说,这杜鹃花用来供佛。"

说到题经寺的大师,就不能不提笠智众,他演的大师直至一九九三年他去世前,几乎在每一集都会出现,有时候非常调皮,浇花的时候会把水管对着别人乱喷，小和尚阿源惹他生气了，他会把阿源罩在佛事的大钟里面撞！源公这个角色也非常棒。还有章鱼厂长，每次寅次郎回家，他总会说错话，然后被阿寅打，尽管如此，那种和睦亲近的邻里关系还是让人觉得很像我们山里的邻里关系。樱花经常会送东西给章鱼厂长吃，吃松茸的时候也会分他一份，他就会感叹："人还是活着好，不然连松茸都吃不上。"

这系列电影里发生在春天的，喜欢有浅丘琉璃子出现的几集，还有第十七集、第二十五集、第二十九集。第二十五集中，寅次郎可以说是"人情味"这种现代社会稀缺之物的一种媒介，这里展现的人情味真是古旧而美好。其时正是五月，是鸢尾、黄花菖蒲、牡丹开的时候，枇杷也下来了。山田导演拍了老屋外水田边的黄花菖蒲，还有老太太庭院中的牡丹和鸢尾花，和她客厅茶几上的枇杷。寅屋的院子里也种着芍药，早晨，寅次郎在院子里给琉璃子烧洗澡水，一边和婶婶讨论早饭吃什么。琉璃子演的莉莉早晨睡醒躺在楼上，听着楼下的谈话声，露出了欣慰幸福的笑容。这集也拍出了春天的润泽之感。

除了拍杜鹃、鸢尾、牡丹、芍药等外，春天还有北海道的玫瑰和绣球花。第二十九集就叫《紫阳花之恋》，拍了镰仓的绣球，而每到五月，寅屋的庭院里也常会有一盆绣球花。有一集是吉永小百合参演的春天，她住在阿寅的房间里，插花是一种紫色铁线莲，后来她回父亲家里住，庭院里也开满绣球花。某天夜晚，屋子里也插着绣球花，她穿着浴衣，在廊下看天空的烟火。有一集是春夏之交，演歌女王都春美去海边旅行，山中开满萱草花。而她在寅屋廊下唱的那首《少女山茶花之恋》太好听了，其时的章鱼厂长、源公、吉冈秀隆小朋友，每一个人都演得太好了。吉冈秀隆在二十多集开始演满男，就这样看着他在电影里慢慢长大。

每集的春天，结尾都是到了盛夏，夏天的植物通常是向日葵、美人蕉、萱草和百合，也有蜀葵、醉鱼草和扶桑。真喜欢导演拍的蜀葵啊，它出现在独居老太太的屋边，让人感觉又亲切又悲伤。每集的最后，盛夏的晴空中飘着团团白云，寅屋里，婶婶在卖力地做刨冰，或是铲着木桶里的冰块。远远地看到佛龛前供着西瓜、白兰瓜、桃子、玉米等物品。然后就是婶婶切西瓜的场景，之后大家分西瓜吃。就这样看他们吃西瓜、吃刨冰、吃白兰瓜、吃煎饺、喝啤酒、吃鳗鱼、吃松茸、吃团子……一年又一年，这些，都是看不厌的、真实又温暖、有滋有味的人间烟火啊。

二〇一七年春

电影里的春天

春天以来,一直在看有关春天的电影,仿佛这样便能更真实地体会这个春天。河濑直美的《澄沙之味》,有樱花和春风;相米慎二的《啊,春天》,有春天的庭院、插花;小津的《晚春》,有父女的春日旅行,《宗方姐妹》里,有黄莺的鸣声;市川昆的《细雪》,四姐妹盛装去京都赏樱,令人赏心悦目。山田洋次的《黄昏清兵卫》,贫穷武士庭院里的杜鹃花开得清润温柔,布谷鸟在河畔啼鸣。侯麦的《春天的故事》,别墅花园里开着樱桃花、棣棠。还有《小城之春》《山樱》《四月物语》。没来得及重看的,有娄烨《春风沉醉的夜晚》(春天湿润的空气)、绪方明《何时是读书天》(春天的黎明,特别喜欢此片)、高畑勋《辉夜姬物语》(大量植物)等等。

我选几个前面提到的片子,来感受一下电影里的春天。《春天的故事》应该是第四次看了,仍然有很多新鲜的细节是之前没有注意到的。这次的侧重点是仔细观察房间内的植物摆设与花园的植物。看这个片子,像是跟着主角让娜进行惬意轻松的春日旅行。故事简单,脉络清晰,让娜在朋友家聚会上,遇见少女娜塔莎并与之成为朋友。娜塔莎邀她去她家过夜。第二天,让娜为房间买了鲜花,雏菊插在白瓶里放在壁炉上，白色紫罗兰和满天星插玻璃高瓶，放在娜塔莎房间。之后，她们去娜塔莎家郊外的别墅。花园的花架上爬着明黄色的棣棠花。青草地上一棵巨大的樱桃树正在开花，几乎代表着电影的基调。她们去爬山，一路上树木嫩绿青葱，春山被雾笼罩着，紫叶李正繁花如雪，春意盎然，似乎都能感觉到屏幕里湿润的空气与花草沁人心脾的气味。

后来一个周末，她们又去别墅度假。花园高墙边高高的紫丁香开了满树花，樱桃花开过了，郁金香还开着，屋内的白瓶子插着紫丁香。整个电影，人的周围与内心，都春气蓬勃，荡漾着迷人的气息，就好像自己身边的春天，丁香开了开紫藤，紫藤附近又开着牡丹，所有春色、花色、气味都混合在一起，这样浓稠，令人有复苏之感，这就是侯麦所表现的春天，让人有亲临春天的感觉。电影中人物的那些理性占下风的时刻，也让人共鸣。还有法国人真是优雅又随意，到一个地方就席地而坐。

《宗方姐妹》也是发生在春天的故事，阳光照得树叶闪闪发亮，人们依然不停地感叹：天气真好啊！在药师寺，传统娴静的姐姐田中绢代与活泼新派的妹妹高峰秀子有段对话，十分精彩，妹妹嘲笑姐姐古板守旧，爱去的地方是寺院，姐姐道："真正崭新的东西永远不会变老变旧。"她问妹妹："那些短暂新鲜的事物你就那么喜欢吗？"妹妹说："不管是好是坏，不跟上潮流就要落后于人。我不想落在周围人后面。"姐姐说："落后又有什么不好？"姐妹俩争论不出结果，妹妹问父亲笠智众，到底谁对谁错，父亲便说没有谁对谁错，你是你，姐姐是姐姐，亦步亦趋地跟在别人的后面也很无聊，只要自己以为是对的，那就去做。你自己才是最重要的。父女俩正在说话间，庭院里一只黄莺啼叫了起来，啼了很多声，婉转轻倩。我也是从这里才知道那种鸟鸣是黄莺叫声。

片子还展示了一些京都的寺庙，药师寺、苔寺等。有关于苔寺的对话，美极了。父亲："苔寺不枉一行啊。青苔经阳光照射后，绮丽多姿，非常精彩。"原节子："椿树花跌落在青苔上。"父亲："你也观察到了？那种景色特别富有神韵，在古日本的传统中，多有诸如此类的美景，要是把这些美景往坏的方面想，那简直是愚夫之勇，毫无审美可言。"苔寺和黄莺这两段，很有东方情趣。

《晚春》中的父亲也是笠智众，我因此混淆了《宗方姐妹》中关于苔寺青苔的那段话，实则出自《晚春》。因为笠智众演的父亲永远是那么安详慈悲，心平气和地感叹："啊，明天又会是好天气。"荒木经惟说笠智众："那是一张非常健康、安详的面孔。真不知该怎么做，才能成就那样的面孔。"那也是一张洞彻世事的面孔，在京都旅行时，父亲鼓励女儿原节子应该勇敢地步入婚姻时说："婚姻是人生和人类历史的一种秩序，起初可能并不意味着幸福，期望突如其来的幸福，是错误的想法。幸福是需要等待的，是要你自己去创造的，只有通过双方努力才能得到，或许要（婚后）两三年才能出现，甚至可能是五年或十年。只有到那时，你们才能称之为真正的夫妇。"这段婚姻观非常透彻、有说服力，仿佛能抚平对方内心对婚姻的忧虑。

《晚春》的整体基调，是静谧优雅、柔和明朗的，像电影开头圆觉寺的茶道表演，庭院里春风吹拂下的那丛白芨，庭院的洗手池，密集而婉转的莺声，阳光朗照的京都的青色山峦，清水寺、龙安寺、枯山水，无不透着清寂之美。京都春日旅行中，特别喜欢笠智众在清水寺说的话，有京都迷谷崎润一郎之风："京都很漂亮，生活质量很高。在东京根本看不到这些，只有灰蒙蒙的云！"夜晚，回到旅馆内，父亲感叹已经很多年没有来京都了，他说："记得上次来清水寺，胡枝子非常壮观。"月色如水似的流泻在房间里，竹影映在格窗的白纸上，窗边放着一个花瓶。这是一个很著名的空镜。恬淡的原节子听着父亲的鼾声，数次凝望花瓶。这段真是充盈着东方式的清雅与克制。

《小城之春》也适合春天看。看唐书璇《董夫人》的时候，就一直在想费穆的《小城之春》。于是看完《董夫人》就再看一遍《小城之春》，同样是关于禁忌之恋、压抑之爱，但没想到，《董夫人》更为克制。以前觉得《小城之春》已经够克制了，现在才觉得《董夫人》才是真正的"发乎情，止乎礼"。而《小城之春》毕竟还是有很多开放的言行、暧昧的动作。《董夫人》中最暧昧的动作应该是捉蛐蛐那一场，卢燕的双手叠在乔宏捉蛐蛐的手之上。同样的，《小城之春》里也有一场手叠手的戏。也许唐书璇很喜欢《小城之春》吧，觉得《董夫人》深得《小城之春》精髓。还有，人设方面也非常像，《小城之春》里是五个人物，分别是丈夫戴礼言、妻子周玉纹、妹妹戴秀、外来客人章志忱、仆人老黄。《董夫人》里同样是五个主要人物——董婆婆、董夫人、董夫人之女维玲、外来住客杨尉官、仆人张大叔。董婆婆和戴礼言，都是给人压力的存在。戴秀和维玲，两个都是天真少女，且都喜欢外来客人。章志忱和杨尉官，都是外来客人。两个仆人亦很相像，都对东家忠心耿耿。

《小城之春》里，有一次四人春游，春天淡淡的阳光洒在古老的天地间，那是民国式的春游。而《董夫人》里的一次出游，是杨尉官和维玲出游，但维玲不能吸引杨尉官。"年轻的女孩固然可爱，然而成熟的女子更为美丽。"董夫人比女儿维玲更吸引杨尉官。董夫人喜欢菊花，玉纹喜欢兰花。前者比后者更为人淡如菊，也更压抑。周玉纹就像是她送给志忱的那盆兰花，用戴秀的话说是：太香了。

总让人忍不住上去闻一闻，有很纯粹的中国的气味与美。她是具有诱惑性的，因为内里活力尚存，还是欢喜看到有生命的东西，譬如每日去买菜回来后，到颓败的城头上走一走，在城头往远处看一看，知道天地并不是那么狭小，散一散压抑与苦闷，让自己心里也松快一些。回到破旧的宅院里，又喜欢坐到妹妹的房间去绣花，"仿佛这间屋子的阳光也特别好一些"，章志忱的到来更添了她的活力。

而董夫人的生活虽然清静雅致，但毕竟太压抑了，教书、行医、种菜、织布，偶尔的妩媚是中秋那晚拿出唇纸来点一下嘴唇，戴一支钗子，然而在见到人之前，又将嘴唇揩了，拔下发钗。戏里的卢燕气质也特别端庄素净，一身青衣，活得犹如女道士。两个电影不同的是结局，董夫人压抑之后激烈地释放，然而也只能是去杀一只鸡。周玉纹任性之后回归原位，她仍然要去承担自己的命运。但两者都囿于礼教，有同样的孤独。

两个电影里的中国庭院都很好看，门、窗、廊子、一草一木，树在月光下映在白墙上的树影、雨天、晴天、树林、河流、城墙。喜欢《董夫人》里的下雨戏，下雨的庭院看着是很温柔的，然而镜头转向室内，坐着董婆婆与首次拜访的杨尉官，董夫人和维玲，气氛十分僵硬。一柔一硬的场景形成对比。

《山樱》一开始的春日行山真是舒服宁静，溪流淌过，有悦耳的鸟声、扫墓、行山、看春景、看花、折花、剪花、插花，一气呵成。还有一树山樱灿然如云地开在山野。片子里的日常生活也很迷人，腌萝卜、包粽子、豆腐担上买豆腐，新年在瓶中插白山茶花等等。此外，春花还有蜂斗菜、驴蹄草、多被银莲花。

重看《四月物语》时，觉得岩井俊二的电影都不太经得起时间的考验，只有《情书》和《四月物语》还算耐看。《四月物语》里，尤其开头的搬家，画面有点像宫崎骏动画，樱花雨很梦幻，让人真想倒过雨伞来接那些落花，也让人觉得，春天真是很珍贵啊，分分秒秒都很可贵。

二〇一六年春

雨天与百合花

夏天时，如果北京很久没有下雨，我就很想念南方的雨天，然后会翻出一些有下大雨场景的电影来看。比如小泉尧史的《大雨天》（此片摄影师为上田正治，常为黑泽明电影摄影），大雨阻断过河旅人的前路，天地间雨雾茫茫；《时雨之记》中，秋天的夜雨落在吉永小百合家会漏雨的老屋子，他们用花盆来接水，这是很风雅的事。还有《其后》，里面有很密集的雨天，个人以为，是雨戏拍得最美的电影之一（另一部是《乱云》），导演森田芳光，原著夏目漱石。电影里，代助和三千代每一次互动且感情升华的场景，几乎都是雨天，且伴有隐隐的雷声或美妙的雨声。和雨天一起出现的，还有白色百合花。如此钟情于雨天与百合花的，我想并非是森田芳光本人，我几乎看完了森田芳光的所有电影，他并没有在《其后》之外的电影里如此执着地拍一种植物，很大程度上还是因为忠于夏目漱石原著。

对命运怀着懦弱感的高等游民代助，渴望高尚的生活，为了不因为吃饭而去工作，为了每天过着悠闲的生活，看看书听听音乐散散步，他把生活欲放到了低下的标准——小说原著中细腻的心理描写，并未在森田芳光电影中完全体现，但书中多处的百合花描写得以用细腻的镜头语言一一呈现,片中至少有五个以上有关百合花的特写镜头。

打开电影《其后》,我常常很熟练地快进到第五十三分钟,最喜欢的一场戏之一,三千代来到代助居所,抱着三支白百合气喘吁吁地从门口跑到透明杯子前,端起杯子要喝水,代助说那是他喝过的水,随手把水泼掉后放下杯子去厨房,于是三千代拿起玻璃杯,在养铃兰(又名"君影草")的浅花盆里舀水来喝。玻璃杯和花盆撞击出好听的声音,碧绿的君影草、透明的花盆、透明玻璃杯与水,这个镜头真是美丽精致又自然极了,我想幸而还有电影,能够表达出原著中所描写的这个画面:"'方才我喝了那个,非常干净,所以……'她望望植着君影草的水盆。代助在这只大水盆里灌了十分之八的水,淡绿色的君影草细茎像精致的牙签,聚集在水中,瓷盆上的花样在细茎间隐隐地浮现出来。"但由此也可看出,原著中的花盆是瓷的,而电影里的浅盆则是玻璃的,洁净、澄澈,看起来也更脆弱,很符合藤谷美和子饰演的三千代。

之后有一个代助客室一角的全景,由左至右,落地门边的格窗边放着一张仿古小桌,小桌上供着那盏浅盆的铃兰,开着小铃铛的白花,再过去是落地大盆栽,白纱帘,代助和三千代在窗前的角落里局促地说话,对视。左边的矮几上放着三千代带来的百合花。而后，三千代去矮几前抱起百合花来嗅。此时，天空传来隐隐的雷声，窗外庭院里一片绿润中浮着淡淡的白色雾气，马上就要下雨了。

"不可以太近去嗅。"代助说。

"你讨厌百合花吗？"三千代说。

代助把铃兰从玻璃盆里拿出扔掉，剪掉百合茎叶，把百合花插在盆中。此时，昔日情景闪回：大雨中，代助和三千代同在一把雨伞下，三千代抱着一束百合花，代助凑近了去嗅那百合花。原著中并没有这一幕，这也是电影拍得高明的地方。原著中，是代助回忆自己买了一束百合花去清水町看她兄妹俩，三千代记得那时，代助也贴近鼻子嗅过百合花。书中写代助是很喜欢植物香气的，他甚至要去闻君子兰叶子的汁液，他睡眠不好，喜欢把卧室弄得充满花香以助眠。这一段戏的结尾，电影和原著一样，大雨落在庭院中，三千代和代助并肩坐着看窗外的雨。这场雨令软弱的代助觉得自己苏醒了过来。"不要看轻自己，请恢复昔日的你。"面对被丈夫冷落又操劳家务的三千代，代助曾经这样说过。而此时的三千代似乎又变回了从前的样子。

一个大雨天，代助决定向三千代表白。他冒雨跌跌撞撞去买了一大束白色百合花。在幽闭的室内，代助将花分插在两处，然后邀请了三千代来房里。他们隔着插着大捧百合花的花瓶，在榻榻米上

雨中的百合花

对坐,在花香中,和着雨声,他说,我是为了要回忆起我们在清水町时的情形,才买这么多百合花的。继而向她表白:"我需要你,才算是活着。"如此曲折宛转,这句话迟了这么久,他终于说了出来。而这句话,原著中则是:"我需要你,非常地需要你。"对比之下,原著的翻译比较平淡,电影里,这句台词则是点睛之笔。这段戏真是细腻温柔,百合花纯洁清幽,美到令人惊叹,看得人心境也透彻明白起来。如迈克所说:"犹如晶莹的水底下黑黝的石卵,沉重是沉重,但被水磨得滑净玲珑,看着不觉哀伤,只感到平静。然而也是因为松田优作,添上使人手足无措的光彩。"

这场戏,原著是这么写的:

> 代助注视着百合花,使自己的全身都沉浸在充溢着整个房间的芳香中。他在嗅觉的刺激下,眼前分明浮现出三千代的过去来。他心里想:"我今天才算是回到'自然'的过去了啊。""自己为什么不能早点回到这自然中去呢?""为什么一开始就同这自然对抗呢?"代助在雨中、在百合花香中、在重现的昔日情景中,找到了纯真无邪的和平的生命。这生命的里里外外不存在欲念,不存在得失。这生命像行云流水般自由自在。一切都是幸福的,所以一切都是美好的。

今年六月，我发现家附近中医药大学图书馆后的药草园内，种有一丛纯白色的百合，可能是岷江百合。一个雨天，我打着伞带着相机去看雨中的百合，看着雨点打在百合上，听着雨打百合植株的雨音，也似乎感觉到生命里滋润与和平的一瞬。用相机拍下雨中百合的照片，照片中有浅浅的雨线，很美。

电影《其后》中所用的道具百合是纯白色的，据说是高砂百合，引进日本的时间，大约是二十世纪二十年代，而夏目漱石小说连载于一九〇九年，江川澜在《夏目漱石的百合》一书引用日本植物学者塚谷裕一的观点，认为电影《其后》中用纯白色高砂百合做道具完全错误，并根据浓香推断夏目漱石所写的应是日本山野中常见的山百合，花瓣有褐色斑点分布。用高砂百合做道具固然是个错误，但是，或许并不能因此推断夏目漱石原著中的百合就是山百合。德富芦花在一九〇〇年所写的《山百合》中说："夏季的花中，我最爱牵牛和百合。百合之中尤其爱白百合和山百合。"可见明治时代除了山百合，也是有白百合的，而这种白百合，大概就是原产日本的麝香百合。夏目漱石原著中所写的百合，我读吴树文翻译的版本，是写成白百合的，或许和芦花所写的白百合是同一种，都是麝香百合。

二〇一七年夏

何处是故乡

每年夏天都要看一遍的电影里,自然有高畑勋的《岁月的童话》,觉得这是吉卜力最好的作品之一。故事看似简单,实则充满了很多思考,往大了说,是关于有机农业、乡村的历史与现实等,从小来说,是在探讨一个人精神的成长——如何确定自己所需要的东西、如何找到自己精神上的故乡。画面也特别美,到处绿莹莹的,用清凉柔和的颜色绘出了山形县乡村幽静的自然风光。

片子中有不少的植物画面,所以这里记录的主要是跟植物有关的片段。以二十七岁的妙子去农村亲戚家度假为起点,其间穿插四五十分钟童年回忆。暑假到来,同学们都要去乡下过暑假,十一岁的妙子没有乡下可去,只好百无聊赖地每天去跟着广播做操。城市长大的孩子也许很向往乡村生活吧,没有乡下可去的童年,应该会少了许多乐趣。妙子回忆里的童年快乐又怅然,而这些回忆中出现的校舍和家中,也是少不了花花草草的,有两幅不同时间段的绣球画面,分别是晴天和雨天的。对比两幅画里的绣球花开也有意思,晴天的绣球时间略早一些,花很饱满,雨天的绣球又开出了很多新的花朵,而晴天原有的绣球在雨天的画面里,也可以找到相应的位置,有的花朵还是一样大,有的花大概已经稍微萎小了,画得真好啊。

学校垃圾场附近开着鸭跖草、黄色的菊科植物,围墙上爬着牵牛。妙子家庭院里有嫣然的紫薇,紫薇下有一丛醉鱼草。院子里也少不了牵牛。冬天还有梅花和粉色单瓣山茶花。"下雨天、阴天、晴天比较起来的话,你更喜欢什么天气?"五年级另一个班喜欢妙子的男生问她。我比较喜欢阴天。妙子回答。男生说,我也是耶。说完他很高兴地跑掉了。这是听过的最为含蓄动人的表白之一。画面中,妙子高兴地飞起来了,晚上睡觉的时候也感觉在飞。这段有点神来之笔的感觉,应该会让很多人想起初恋吧。尽管这个片子看很多遍了,可是我一直以为妙子后来认识的敏雄也问过她这句话:"雨天、阴天、晴天,你最喜欢哪种天气?"

妙子去乡下度假的主要目的是干农活,这次是体验摘红花,做红花染。下过雨的凌晨,天还没亮,开车来车站接她的小伙子叫敏雄,是她姐夫的堂弟,可能以前照过面但没留意。两人一见如故,一路上两人听着匈牙利摩杰卡合唱团的乡村音乐,搭配着音乐的,是蓝天白云、湖泊绿野等田园牧歌式的风景:地里的麦子熟了,一大片虞美人(或是美丽月见草)开着姹紫嫣红的花,有牛在吃青草,河流边有白色的鸭子。路上两人的话题,是从红花谈到有机农业。

敏雄说红花制品在很久以前就开始衰落了。妙子说，在江户时代，红花不是很普遍吗？很多人因为红花致富。"前方何人清触冰肌，谁道是红花。"敏雄吟咏着芭蕉的俳句，接着说了一个红花的传说。敏雄也刚从都市辞职回到乡下，和人合作投入有机农业，他认为农业虽然已经衰落了，但只要肯用心经营，也是大有可为的，是需要毅力和勇气的事业。妙子让敏雄直接送她到亲戚家的红花田里去。

山中的晨光让人想起老家楠溪江的清晨，身临其境的感觉：雨后的道路闪烁着湿漉漉的光泽，青山峦嶂间雾霭宜人，森林中幽暗寂静，仿佛隔着屏幕都能闻见山气。那是山里永恒的清晨。红花田里，早已有农人在摘花。摘红花需趁早晨花苞还软的时候采摘，因为这样不容易伤手。红花田里劳作的人就这样在黑暗中默默迎来曙光，天光发生变化的刹那，破晓的那一刻，电影表现了自然界的雄壮神圣：破晓，晨曦的光线从山巅的云间照射下来，柔和的光辉照彻大地，农人们都抬起头来看向青山的那边，看着这光，采红花的老妇人对着青山那边双手合掌祈拜。她的这个动作，不知道是向太阳祈拜，还是向山，也许都有。在山里，很多山民是敬仰太阳如神的，当然，他们也把山当作神来看待，是很敬奉山神的。

片子里有一个红花染制作流程：把红花用水洗过，再用脚不断地踩，让水分充分跟空气接触，这些红色的花瓣一氧化，颜色就会逐渐变红，再风干两三天这些花就会发酵，完全变成红色，并且开始产生黏性，然后放到石臼里捣碎绞干，做成一粒一粒的红花球，放在太阳下晒干，红花球晒干后的花饼是用来制造胭脂的原料。而制作花饼时红花绞出来的汁液，可以直接染在布料上，这就是红花染。

说红花染的步骤时，乡下院子里出现好看的蜀葵。蜀葵是很有人情之感的植物，乡村或城市的路边都很易见。喜欢鲁迅写的蜀葵："河边枯柳树下的几株瘦削的一丈红，该是村女种的罢。大红花和斑红花，都在水里面浮动，忽而碎散，拉长了，缕缕的胭脂水，然而没有晕。茅屋，狗，塔，村女，云……也都浮动着。大红花一朵朵全被拉长了，这时是泼剌奔迸的红锦带。带织入狗中，狗织入白云中，白云织入村女中……在一瞬间，他们又退缩了。但斑红花影也已碎散，伸长，就要织进塔、村女、狗、茅屋、云里去了。"院子里这时节还有卷丹，正开着橘红色小灯笼似的花。雨中水渠边开着幽蓝的鸭跖草。

游藏王寺归来的路上，妙子和敏雄停车休息时，欣赏着滋润翠绿的乡村风景。望着那些整齐的成片成片绿油油的农田、幽暗的松林、高耸的杉树，和那些远山，然后妙子感叹："我并不是在这里出生长大的，可是我就是觉得这里是我的故乡。以前不知道为什么，现在明白了。"妙子通过在此间的生活，渐渐明白了为什么喜欢这里，她大概是找到了精神上属于自己的故乡，只有在这样的故乡，她才会发现真实的自己。也许我们都需要一个精神上的故乡吧，即使没有乡下可去，也需要找到一个这样的、自己精神上的故乡。大概令我们觉得自由的、放松的、能投入的、适应我们脾气的真正喜欢的地方，才算得上是故乡。故乡大概就是，想逃避当下之时，心灵想去的地方。

片子里还出现了悬钩子属的茅莓，爬在路边的岩石上，这种场景在我们那里的五六月是常见的，老家叫重五莓，恰好在端午前后结果，所以叫重五莓，滋味却不大好，偏酸。片子里有一闪而过的合欢花，开在村里学校校舍前，合欢花的白色部分像是会发光，红色部分很轻柔，白红相间，像一朵很轻很轻的梦。此外，夏天团扇上的牵牛花，以及檐下盆栽里绕着竹竿的牵牛之姿，都特别美。

二〇一六年夏

植物的情义

降旗康南的《情义知多少》有很浓郁的昭和风,原著作者是昭和编剧女王向田邦子,主演高仓健和富司纯子也都是昭和时代过来的人。故事始于春天,片头就令人惊艳,是连绵不断而炯烂的春花特写:依次是樱花、紫杜鹃、粉杜鹃、白杜鹃,再切换到成片的樱花,之后是成片的油菜花、二月蓝(极少在电影里看见二月蓝),紧接着是紫云英,由一小片至一大片,很华丽,然后是紫藤、福禄考、喷雪花、蒲公英等等。末了也是樱花,晔晔一树,在风中微微颤动着花枝,使人进入幽然佳境。摄影师是大村大作,降旗康男的很多电影都是他摄影的。也难怪了,他很喜欢拍植物。他导演的《剑岳:点之记》和《背负春天》里都有不少植物特写。这两部电影都是关于人与山、人与自然的关系。我想,他应该很喜欢山。

片子里的老屋有很美的庭院,站在厅里,四月,看得到院子里的一棵大樱花树,花枝照在明洁的玻璃窗上。屋廊下,擦着窗户和地板的高仓健,观赏着院子里的樱花,听着鸟鸣声,愉快地吹起口哨。屋子已经收拾整齐,万事齐备:米已经倒入米桶,洗澡水已经烧好。现在,只需要等待意中人的到来。朋友说,这是她见过的最日常和柔情的高仓健。稍晚一些的时节,庭院里有一架子紫藤,着和服的太太站在廊下,映着幽幽的紫藤花,像竹久梦二画中的意境。

五月和六月,院子里开了一团团的绣球花。这时节,也正是枇杷出的时候,小姐生病在家静养,喜欢她的男生来探望,带来一篮子枇杷和一本《诗抄》。"巷子里的雨下个不停,我的心里也在下雨。"少女读着这诗句,把玩着枇杷,枇杷散乱在诗集上。演少女的是富田靖子,后来中年的她,在最近的《荒地之恋》里出演一位神经质的妈妈,从前的美人,演技也特别好。有个细节很向田邦子:少女喜欢上男生,然后在房间里偷偷地,试着将自己的名字和男生的名字并排写在纸上。

院子里的绣球花开得好极了,俯拍,或从屋子里拍出去,都好看。还有雷雨来的时候,闪电的光照彻绣球花,它只是默默地立在光里、雨中,像高仓健在片中隐忍含蓄的爱。有时候,植物如果单纯作为植物而存在,就缺乏了灵性,若它附带了一定的人情、历史,就变得更为丰富。人类有时虽然可恨,却不乏美好的情感与人事。阅读单纯的植物科普文,有时会觉得乏味,川端康成说:"人们给树木起诸如连理松、化妆柳种种名字,都含有人的情义,这就是文学。"所以，拍植物或写植物而没有人情，或许就谈不上文学性和艺术性。顾随说："文学的创作皆当是心的探讨，中国多只注意事情的演进，而不注意办事人之心的探讨，故无心的表现。"这话同样适用于电影。即便只是一丛雷雨中的绣球，亦可见出电影对于人心的探讨。以及前面提到过的少女把玩的枇杷，仿佛也含有人的情义。

"想见面的时候就忍着。""很痛苦。"少女说。"这就是人生。"高仓健告诉她。他一改往日的硬汉形象，变身为一个温柔的、远远看着、默默守护着富司纯子的男性。夜晚，他的背影非常失落。冬夜里和陌生人一起喝酒吃关东煮，得到温暖的安慰，却遗失了钱包，就是这样的一种迷迷糊糊而无处告慰的心情。富司纯子在片中是少女的母亲、高仓健的意中人。这位昭和时代的演员，听她开口说话，便有浓浓的时代感。近年她的荧幕生涯都以母亲形象示人。顺便一提，她现实中的女儿是著名演员寺岛忍。

冬天，下着鹅毛大雪，那庭院像变魔法似的，开了一棵椿花，雪中的椿花，寂寥又美丽，是冬天的心情。就要分别了啊，也许以后连面也见不上了吧。少男要去前线了，高仓健鼓励少女去见他。电影的最后，是少女在雪中勇敢奔跑的背影。此外，特别喜欢电影中表现的那种"物质感"，比如片中人物吃的东西，喝的酒、咖啡、热茶或煮物的雾气，夏天的冰块撞着玻璃杯的那种当啷当啷声，神乐坂艺妓居所的夏日风情，还有室内布置的时代风格，这些都是生活的印记，使电影非常逼真，令人觉得生活的滋味这么好。

二〇一六年夏

梅树的意味

凌晨醒来给孩子掖被子后,就再也没睡着,这是冬夜里经常做的事。于是又开始回味《海街日记》,其实这两天一直在回味这个电影。想到影片里,树木希林演的姨姥姥,在大姐幸接小铃来家里住后对她说的:"又不是养小猫小狗,养育孩子可是很辛苦的。"幸的确有母亲的担当和气质,虽然并没有做母亲,生活的经验让她充满母亲的温柔和细腻。《如父如子》探讨如何做一个好父亲,《海街日记》应该是关于母性和女性的电影。而同样是关于弃子的故事,《海街日记》之所以和《无人知晓》有截然相反的人物命运走向,起关键作用的应该是因为有香田幸这个灵魂人物吧。很喜欢幸这个人物,端庄、坚强、笃定,性格颇似《幻之光》中的江角真纪子。此片中绫濑遥表演得也好,如导演是枝所说,有"昭和味"或是"昭和颜",上一回让我觉得有昭和味的人物是山田洋次《东京家族》中的夏川结衣,她戴着围兜做家务的样子让人想到田中绢代那样的有厨房气质的昭和女性。

田中绢代在成濑巳喜男的《流浪记》里,出演一个经常忙碌在厨房中的女仆,其中有一段山田五十铃与杉村春子在前厅弹唱,田中绢代在厨房中凝望她们沉思，而后转身擦碗、扣碗、再擦饭勺，摆好。这一系列动作，正如泰戈尔说的："女人，你在料理家务的时候，你的手脚却歌唱着，宛如山涧溪流歌唱着从卵石中流过。"尽管事实上，田中绢代本人连饭都不会做，但她演得真好。《海街日记》里，幸擦洗楼梯、淘米、收衣服，做这一系列动作时的样子，也像溪流一样轻快平静。

片子里也有意无意提及，幸很像外婆，对老屋、对庭院、对梅树，她有自己的执念。庭院里的这棵梅树是她们的外婆种下的，已五十五年。冬天的时候，幸打理庭院给花草浇水，干枯的梅树下夹杂着黄色的洋水仙、八角金盘或南天竹（从后来幸有次晚上回家顺手摘南天竹红果子可判断出），她和妹妹们学外婆的口头禅，说梅树"要除虫要消毒，活着的东西是很费工夫的"。然而她还是很乐意去费这个工夫，每年养护它，充满期待之心，看梅花开、摘梅子、做梅酒。很遗憾，片子里有摘梅子和做梅酒的镜头，却并没有拍梅花。看是枝裕和访谈，才知道梅树是为拍电影而移栽的，可能刚移栽开不成花吧。访谈里写到，导演在电影完成几个月后回访拍摄的老屋，看到庭院里白色的梅花正尽情绽放。有梅花和没有梅花，意境应该会不同一些的，如果电影里拍了梅花，我想四姐妹在阁楼窗口看梅树的夜晚会更有意味，片子里四季流转的感觉也会更为浓烈。

关于梅花,井上靖也写过,梅花会让人有等待春天的心境。他写幼年在伊豆半岛,家乡的庭院多梅树,初春季节齐放白英,也许是幼年时代熟悉梅树,年纪大了他依然喜爱梅花。后文他写道:"故里家中的梅树都已枯老,但东京书斋旁的唯一的一株白梅,却尚年轻,因而花是纯白的。梅树过早地长出坚硬的小蓓蕾,这个季节可还没着花。正是在这尚未着花的时刻,自然地培育着一种望春的心情吧。水仙的黄花,山茶的红花,恐怕是这个季节屈指可数的花朵了。"这样的一种心情,我想幸也应该有过吧,热爱是相处所得的。

李元膺说:"一年春物,惟梅柳间意味最深,至莺花烂漫时,则春已衰退。"我想把"莺"改成"樱",梅谢柳浓之后,正是四月上中旬"樱花烂漫"时,樱花开过,春渐去也。四月浓春,虽无复新意,然而还是很快乐的,春天总归是充满生命的欢欣愉快。电影里,樱花隧道里骑车那段,小铃真是美,健康、青春,充满生命的活力,令观影者感动于这样的生命力和美,以及活着的力量,从而不知不觉也会眼泪盈眶。后来四姐妹放花火那段,也有相同的感动。

从物候角度看,电影里,樱花的狂欢过后,就是五六月幽寂的梅雨季,雨气里绣球花遍开。老屋前一丛一丛青翠的叶子上开着雪球似的花,下雨天的时候,可以听得到滴沥的雨声,老屋透出闲静的味道。为了顺应时令生活,老屋门厅的竹花器里也插着一朵绣球花。所以很能理解幸对老屋的执着与守护，也让人共鸣（我老家山中的祖屋也还在，虽然已经很破旧，每年我都会回去山里住一段时间），能拥有这样可以依托心神的地方，是何等幸福，何况还有妹妹们。

　　如果樱花能代表小铃的青春，绣球就可以代表香田幸的成熟稳重。把人物放在相应的植物环境里，也许并不是导演的刻意安排，或是偶然为之。总之，正因为有幸这样的人物存在，传统古老的事物才不会消失殆尽吧，像老梅树、每年采梅子做的梅子酒、淡淡的腌菜、萩饼、沙丁鱼刺身、炸竹荚鱼。换成中国就是清明的清明饼和青团、端午的粽子、中秋的月饼、冬至的麻糍、春节的年糕和饺子、元宵节的汤圆等等，当然相应的也有一系列植物，一切都有岁丰物茂、顺应自然而活的感觉。幸可以说也是一种"旧人"吧。是枝裕和在采访时也坦言自己是一个"旧人"，不是纸的书籍他完全无法进入阅读状态，在国内只要是电子文件他都会打印出来。这种地方真是让人喜欢。有时候，旧人像旧物一样珍贵，像那棵老梅树。

　　幸和妈妈一起扫墓那段戏我也特别喜欢，墓地周围遍植绣球，刚下过一阵梅雨，绣球花湿漉漉的样子，树木鲜翠如洗，风景澄澈明净，路途中还不时传来寺院的钟声，一派悠然。一起听过这样悠然平静的钟声，想来什么样的心病都会消解吧。妈妈说，好多年没经历梅雨了。幸说,北海道没有梅雨啊。是啊,妈妈接着说,做完梅酒后,才会感觉,啊,夏天来了。幸说去拿梅子酒给妈妈。大竹忍很温柔地提醒女儿,那边很滑的,小心点。太喜欢这段对话了。在这样细碎又充满时令感的家常话中,母女关系也和解了。真是令人心绪触动。

妈妈和女儿的关系是很奇妙的,年纪越大,就越会觉到母亲的好;而做了母亲后,更能懂母亲的温柔。看这段时,眼睛也湿了,代入感特别强,作为居北地的南方人,甚至连梅雨的乡愁记忆也被唤醒了。

原作者吉田秋生当初要求是枝导演,拍电影的时候要重视四季变迁、转换。是枝裕和做得很好。先是樱花、梅雨、绣球,接着是梅子熟了,摘梅子,做梅子酒,夏天来了,蝉鸣日盛,紫薇花渐渐开了。物候轮回了一年,生死也轮回了两次——电影开始于葬礼,又结束于葬礼,片尾的那场葬礼后,几个人站在一棵很好看的枝干虬曲的紫薇花下说话,背后远远地也有几簇紫薇花,他们谈人的生命到了最后的时刻,仍然想看到美丽的事物,并为之开心。就这样很淡然地不经意地道出了生命的真意之一。听他们谈话的时候,三姐千佳手里在把玩一朵紫薇花,正与片头葬礼后的紫薇花相呼应。影片开头的那场葬礼,正是紫薇花开得繁盛的时候。葬礼后,浅野铃和大姐幸、二姐佳乃坐在火车站前说话时，三姐千佳站在边上，手里把玩着的，也正是一朵紫薇花。当火车前行时，小铃动情地跟着火车跑的时候，站台亦闪现一树嫣然的紫薇。

千佳这个人物真是朴实可爱，有趣又热情，小妹铃初来乍到，她帮忙搬行李，整理房间，打点一切；大姐二姐吵架的时候，她总是在一旁打圆场，岔开话题。而关于长泽雅美的二姐，最初的感觉是这个人物有点糊涂地过日子，喜欢喝酒，到了一个新地方就嚷嚷着要啤酒，美丽而混沌。渐渐地，就会发现这个人也挺可爱呀，到了后面她的心性也有所成长，大概得益于认识了加濑亮。有的人是需要认识对的人才会缓慢成长和成熟的吧。感觉加濑亮在片子里的气质甚至有点笠智众的味道了，淡然、平静而缓慢。

片子最后，看着四姐妹走在沙滩上的黑色背影，真希望她们是真实存在的，生活着的，并且永远这样一起生活下去。真的不愿意她们分散，离开那间老屋、庭院和梅树。家庭的变迁的确是让人伤感的，所以有时候真的不愿去面对变化，真希望她们能像那棵梅树一样，一直站在原地，在四季中流转。

二〇一五年冬